"叶永烈看世界"系列

畅游加勒比海

叶永烈 著

上海交通大学出版社
SHANGHAI JIAO TONG UNIVERSITY PRESS

内容提要

加勒比海是大西洋西部的一个边缘海，位于北美洲与南美洲之间。加勒比海上的诸多岛国，如同一串瑰丽无比的宝石项链，佩戴在大西洋蔚蓝色的胸口。作者乘坐大型豪华游轮游历了一个个加勒比海岛国，不论是圣马丁岛的椰林，还是圣基茨和尼维斯岛上色彩艳丽的房屋；不论是波多黎各的古堡和繁荣的海滨商业街，还是海地热情奔放的黑人舞蹈……热带风光，异域风情，组成一道靓丽的风景线。

作者还详细记述了世界一流的豪华游轮的生活以及加勒比海之畔的美国佛罗里达旅行见闻。佛罗里达州是美国的南方，迈阿密相当于美国的三亚。不论是充满神秘气氛的肯尼迪航天中心，有着"美国威尼斯"之称的劳德代尔堡的水乡风光，还是迈阿密迷人的热带海滩，或是美国最南端的西礁岛的古巴情调，都令人流连忘返。

图书在版编目 (CIP) 数据

畅游加勒比海 / 叶永烈著 —上海 ：上海交通大
学出版社，2014
（叶永烈看世界）
ISBN 978-7-313-11854-7

Ⅰ. ①畅… Ⅱ. ①叶… Ⅲ. ①游记—作品集—中国—
当代 Ⅳ. ①I267.4

中国版本图书馆 CIP 数据核字 (2014) 第 175340 号

畅游加勒比海

著　　者：叶永烈
出版发行：上海交通大学出版社　　　　　　地　　址：上海市番禺路 951 号
邮　　编：200030　　　　　　　　　　　　电　　话：021-64071208
出 版 人：韩建民
印　　刷：上海锦佳印刷有限公司　　　　　经　　销：全国新华书店经销
开　　本：710mm×1000mm　1/16　　　　印　　张：12
字　　数：209 千字
版　　次：2014 年 9 月第 1 版　　　　　　印　　次：2014 年 9 月第 1 次印刷
书　　号：ISBN 978-7-313-11854-7/I
定　　价：39.00 元

总序

在写作之余，我有两大爱好：一是旅游，二是摄影。

小时候，我很羡慕父亲常常拎着个皮箱从温州乘船出差到上海。我也很希望有机会到温州以外的地方旅行。父亲说，那很简单，在你的额头贴张邮票，把你从邮局寄出去就行了。

可惜，我直到高中毕业，还没有从邮局寄出去，没有离开过小小的温州。直至考上北京大学，这才终于远涉千里，来到首都北京，大开眼界。

大学毕业之后，我在电影制片厂工作，出差成了家常便饭。我几乎走遍中国大陆。

随着国门的开放，我有机会走出去，周游世界。光是美国，我就去了八趟，每一回住一两个月，从夏威夷直至纽约，都留下我的足迹。我也七次来到祖国宝岛台湾，走遍台、澎、金、马，走遍台湾22个县市。

我的旅行，常常是"自由行"。比如我应邀到澳大利亚悉尼、墨尔本讲学，就顺便在澳大利亚自由行，走了很多地方。美国爆发"9•11事件"，我特地从上海赶往纽约进行采访，写作50万字的纪实长篇《受伤的美国》。我也参加各种各样的旅行团，到各国旅行。通常，我总是选择那种旅程较长的旅游团，以求深入了解那个国家。

记得，在朝鲜旅行的时候，我问导游，明天——7月27日，你们国家会有什么样的庆祝活动？那位导游马上很"警觉"地反问我："叶先生，你以前是否来过朝鲜？"此后好几次，当我跟他交谈时，他又这么问我。我确实是第一次去朝鲜。但是我在去每一个国家之前，都事先充分"备课"。去朝鲜之前，我曾经十分详细研究过朝鲜的历史和文化，知道1953年7月27日朝鲜战争停战协定在板门店签订，朝鲜把这一天定为"祖国解放战争胜利日"，年年庆祝。然而，在朝鲜导游看来，一个对朝鲜情况如此熟知的游客，势必是此前来过朝鲜。

很多人问我，在上海住了将近半个世纪，为什么只写过几篇关于上海的散文，却没有写过一本关于上海风土人情的书。我的回答是："熟悉的地方没有风景。"总在一个地方居住，我的目光被"钝化"了，往往

"视而不见"。当我来到一个陌生的国家，陌生的城市，往往会有一种新鲜感。这种新鲜感是非常可贵的，使我的目光变得异常敏锐。出于职业习惯，我每到一个国家，都会以我的特有的目光进行观察，"捕捉"各种各样的细节。在东京，我注意到在空中盘旋着成群的乌鸦，肆无忌惮地在漂亮的轿车上丢下"粪弹"，东京人居然熟视无睹。我写了《东京的乌鸦》，写出中日两国不同的"乌鸦观"，乌鸦的习性，为什么乌鸦在东京喜欢"住"郊区，乌鸦如何到东京"上班"，日本人如何对乌鸦奉若神明。我的这篇阐述日本"乌鸦文化"的散文发表之后，被众多的报刊转载，原因在于我写出了"人人眼中有，个个笔下无"。

漫步在海角天边，把沉思写在白云之上，写在浮萍之上。至今我仍是不倦的"驴友"。我的双肩包里装着手提电脑和照相机，我的足迹遍及亚、欧、美、澳、非五大洲近40个国家和地区。

我注重从历史、文化的角度去观察每一个国家和地区。在我看来，文化是民族的灵魂，历史是人类的脚印。正因为这样，只有以文化和历史这"双筒望远镜"观察世界，才能撩开瑰丽多彩的表象轻纱，深层次地揭示丰富深邃的内涵。我把我的所见、所闻、所记、所思凝聚笔端，写出一部又一部"行走文学"作品。

我把旅游视为特殊的考察，特殊的采访。我在台湾日月潭旅行时，住在涵碧楼。我在事先做"功课"时知道，涵碧楼原本是蒋介石父子在台湾的行宫。我特地跑到当地旅游局，希望查阅两蒋在涵碧楼的历史资料。他们告诉我，在涵碧楼里，就有一个专门的展览馆。于是，我到涵碧楼总台，打听展览馆在哪里。总台小姐很惊讶地说："那个展览馆已经关闭多年，因为几乎没有什么客人前去参观，难得有叶先生这样喜欢研究历史的人。"她打开尘封已久的展览馆的大门，我在那里"泡"了两小时，有了重大发现，因为那里的展品记载了蒋介石父子在涵碧楼接见曹聚仁。曹聚仁乃是奔走于海峡两岸的"密使"，但是台湾方面从未提及此事。我把这一发现写进发表于上海《文汇报》的文章里，引起海峡两岸的关注……

我爱好摄影，则是因为在电影制片厂做了18年编导，整天跟摄影打交道，所以很注重"画面感"。我在旅行时，边游边摄，拍摄了大量的照片。在我的电脑里，如今保存了十几万张照片。除了拍摄各种各样的景点照片之外，我也很注意拍摄"特殊"的照片。比如，我在迪拜看见封闭式的公共汽车站，立即"咔嚓"一声拍了下来。因为这是世界上绝无仅有的公共汽车站，内中安装了冷气机。这一细节，充分反映了迪拜人观念的领先以及迪拜的富有和豪华。在韩国一家餐馆的外墙，我看见把一个个泡菜坛嵌进墙里，也拍了下来，因为这充分体现韩国人浓浓的泡菜情结。在马来西亚一家宾馆里，我看见办公室内挂着温家宝总理与汶川地震灾区的孩子在一起的大幅照片，很受感动，表明马来西亚人对中国的关注。只是已经到了下班时间，办公室的门锁上了，我只能从透过玻璃窗拍摄。门卫见了，打开办公室的门，让我入内拍摄，终于拍到满意的照片……照片是形象的视觉艺术。一张精彩照片所包含的信息量是很丰富的，是文字所无法替代的。

每一次出国归来，我要进行"总结"。这时候，我的本职——作家，与我的两大爱好旅行与摄影"三合一"——我把我的观察写成文字，配上所拍摄的图片，写成一本又一本图文并茂的书。日积月累，我竟然出版了20多本这样的"行走文学"图书。

我的"行走文学"，着重于从历史、从文化的视角深度解读一个个国家和地区，不同于那些停留于景点介绍的浅层次的旅游图书。其实，出国旅游是打开一扇观察世界的窗口，而只有善于学习各地的长处，自己才能进步。他山之石，可以攻玉。旅游是开阔眼界之旅，解放思想之旅，长知识，广见闻，旅游是学习之旅。从这个意义上讲，旅游者不仅仅是观光客。

承上海交通大学出版社的美意，在副总编刘佩英小姐的鼓励下，计划出版一套《叶永烈看世界》丛书，随着我一边"漫游"一边再继续出下去。我期望在继续完成一系列当代重大政治题材纪实文学的同时，能够不断向广大读者奉献轻松活泼的"行走文学"新作。

本书勒口所用作者木刻像，是徐增英先生的作品，谨表谢意。

叶永烈

2010年6月28日初稿

2013年2月6日修改

2014年4月26日再改

于上海"沉思斋"

序章：到美国乘游轮

大型游轮停泊在波多黎各首府圣胡安

每一次旅行，都是翻开人生新的一页，打开观察世界的新视野。

旅人不倦。我总是在不停地行走，不停地用文化与历史这"双筒望远镜"观看世界，不停地用电脑和照相机记录见闻。

2014年1月，我刚刚飞越印度洋，走访非洲大陆的最南端——南非，便在2、3月间飞越太平洋，来到美国旧金山，又自西向东横穿美国，来到美国的最南端、大西洋畔的佛罗里达州，走访蓝宝石般的加勒比海。

屈指算来，已经是第八次去美国了。每一次，我都在美国住一两个月。

前几次去美国，走遍美国最东端的纽约、最西端的夏威夷，最北端的波士顿，却未曾去过美国最南端的佛罗里达。

前几次去美国，乘坐飞机、火车、长途巴士和私家轿车，却未曾乘坐游轮漫游。

听说我和妻从南非归来，定居美国旧金山的小儿子、儿媳建议，可否去佛罗里达乘坐游轮，游览加勒比海？因为他们曾经去过那里，觉得乘坐游轮是最惬意的休闲，而佛罗里达与加勒比海的风光又是那么的旖旎迷人。

我和妻当即答应了。于是，便有了这次游轮之旅，有了这次佛罗里达与加勒比海之行。

我带着2台手提电脑和3架照相机去美国。我不断地在手提电脑中"敲"进我的所见所闻，而数码相机不断地"咔嚓"，那1万多张照片则是这次旅行的形象记录。

旧金山是我非常熟悉的城市，来来去去美国，总是在那里住下来，把那里作为旅行的大本营。我和妻多次乘坐渡轮、地铁、公共汽车，走遍旧

作者夫妇在金门大桥

作者第三次来到美国航空母舰

加勒比海圣基茨的海滨

金山的角角落落。尽管如此，这一回旧地重游，又去金门大桥，又去渔人码头，甚至第三次登临美国航空母舰"黄蜂号"，我还是有许多新的感受。

佛罗里达州是美国的南方，与加勒比海为邻，迈阿密相当于美国的三亚。佛罗里达有着许多与加勒比海国家相似的经历，也曾经是西班牙的殖民地，所以佛罗里达也深受西班牙文化的影响。当美国从西班牙手中夺得佛罗里达之后，古巴、海地等加勒比海国家大批移民佛罗里达，使佛罗里达具有浓厚的加勒比海风情。可以说，佛罗里达虽然是美国的一个州，却是"准"加勒比海成员。

我离开上海的时候，正是春寒料峭时节，身穿呢大衣。到了佛罗里达，只穿一件长袖衬衫，而当地年轻人则是短裙、T恤。在佛罗里达租了一辆轿车，儿子和儿媳轮流开车，陪同我们"自驾游"，喜欢哪里就把轿车开到哪里，走遍了佛罗里达州的主要景点。不论是充满神秘气氛的肯尼迪航天中心，有着"美国威尼斯"之称的劳德代尔堡的水乡风光，还是迈阿密迷人的热带海滩，美国最南端的西礁岛的古巴情调，都使我流连忘返。

印象最深的是乘坐皇家加勒比游轮"海洋独立号"（ROYAL CARIBBEAN INDEPENDENCE OF THE SEAS）航行于加勒比海的那些日子。这艘特大型游轮，如同一座巨大的海上豪华城市，兼休闲、住宿、美食、游览于一身。皇家加勒比游轮"海洋独立号"的排水量达16万吨，比美国最大的航空母舰还大得多，几乎是著名的"泰坦尼克号"游轮的3倍。皇家加勒比游轮"海洋独立号"的宽度与美国白宫相当，

海地舞蹈

美丽的劳德代尔堡

总长达339米，比37辆伦敦双层巴士排起来还长。船体高度达72米，总共有18层，1 817间客房，可搭载乘客4 375名，船员1 000多名。皇家加勒比游轮"海洋独立号"的造价高达4亿英镑(大约相当于8亿美元、48亿人民币)。我在这艘世界一流的豪华游轮上度过了难忘的9天。

皇家加勒比游轮"海洋独立号"在蓝宝石般的加勒比海游弋，走访一个个美丽的岛国。

加勒比海是大西洋西部的一个边缘海，位于北美洲与南美洲之间，毗连墨西哥湾。加勒比海上的诸多岛国，如同一串瑰丽无比的宝石项链，佩戴在大西洋蔚蓝色的胸口。

对于我来说，加勒比海曾经是那么的陌生，仿佛遥不可及。这一回，乘坐"海洋独立号"游轮在加勒比海乘风破浪，极目而望，天水一色。我每日与海为伍，旭日甫露，金光万道；丽日中天，炙烤万物；夕阳西沉，海面通红。

皇家加勒比游轮"海洋独立号"在3台强大的螺旋桨推进器的推动下，以22节(相当于每小时44公里)的速度行进在加勒比海。我游历了一个个加勒比海岛国，不论是圣马丁岛的椰林，还是圣基茨和尼维斯岛上色彩艳丽的房屋，不论是波多黎各的古堡和繁荣的海滨商业街，还是海地热情奔放的黑人舞蹈，热带风光，异域风情，组成一道靓丽的风景线。

我从大西洋畔的佛罗里达，飞到太平洋畔的旧金山。又从太平洋东岸的旧金山，飞回太平洋西岸的上海。在上海书房"沉思斋"里，我把手提电脑中的记录加以梳理，配上我拍摄的诸多照片，就成了你手中的"叶永烈看世界"这本新作……

来到加勒比海之畔

蓝色尾翼的捷蓝（JetBlue）航空公司客机

乘坐蓝尾巴客机横穿美国

又一次来到旧金山机场。

旧金山机场的候机楼分为国际与国内两部分。从旧金山飞往佛罗里达，当然是美国国内航班，然而我乘坐的航班却是在国际候机楼上飞机——倘若不是事先在网上查清楚，就会走错。

这一回乘坐的是美国JetBlue航空公司578航班。JetBlue的中译名很妙，采用半音译半意译，把Jet音译为"捷"，而把Blue 意译为"蓝"，亦即"捷蓝"。

我在南非乘坐的Kulula航空公司（商用航空公司）的客机，浑身漆成嫩绿色，成了"绿蜻蜓"，很容易辨认。美国捷蓝航空公司的航班翘着蓝色的尾巴，机翼下的一对喷气引擎也漆成蓝色，同样很容易辨认。

我在2007年夏日从旧金山飞往纽约时，就是乘坐捷蓝航空公司的蓝尾巴客机。这一回，算是老相识了。跟南非的Kulula航空公司一样，捷蓝也属于廉价航空公司。捷蓝航空公司成立于1998年8月，原本只是美国航空界的小弟弟而已。2001年"9·11"恐怖袭击事件之后，美国航空业市场变得萧条而严峻，多家老牌大航空公司举步维艰，大约是捷蓝航空公司的低成本经营模式能够适应这种情况，故能一直保持盈利。捷蓝作为廉价航空公司逆流而上，一枝独秀，迅速发展，相对低廉的票价吸引了众多的旅客，平均上座率达86%。这样，捷蓝航空公司在这些年一跃成为美国的大型航空公司，拥有300多架客机，员工人数达到25 000人。蓝尾巴的客机不仅在美国国内航线上频繁往返，而且还开辟了多条国际航线。

我曾听说，捷蓝航空公司的老板尼尔曼曾经力主缩短客机在机场的停留时间，以求提高客机的利用率。他提出，"理想的停机周转时间应在35分钟内，即在正常情况下，乘客8分钟内全部下机，清洁5分钟，下一班机乘客登机20分钟，马上起飞。"果真，当我和妻以及儿子、儿媳从旧金山机场的空桥走进捷蓝航空公司的客机之后，系好安全带，没有多久，客机就准时在预定的起飞时间——下午3时起飞了，一分也不差。

天气晴朗，捷蓝客机起飞后不久，在旧金山市区上空，我拍到了一张不错的航摄照片，旧金山的海湾大桥以及市中心的高楼，尽在其中。

从空中俯瞰旧金山

飞机飞往佛罗里达，准确地说，是飞往劳德代尔堡的好莱坞国际机场。我第一次听说好莱坞国际机场这名字时，以为是在洛杉矶附近的好莱坞影城。很多人也产生这样的误会。其实好莱坞只是美国的一个地名而已，好多地方叫好莱坞，就像美国好多城市都有叫做百老汇的街道一样。由于洛杉矶附近那个叫做好莱坞的地方成了电影基地，出了名，所以使人误以为好莱坞就一定是那里。

从旧金山到劳德代尔堡好莱坞国际机场，是自西向东横穿美国的飞行，飞行距离是4 120公里。从座位前液晶小屏幕上显示的飞行路线图得知，客机从美国西部的加利福尼亚州，穿越内华达州、亚利桑那州、新墨西哥州，飞过德克萨斯州的达拉斯（有些从旧金山飞往佛罗里达的航班中停达拉斯），再飞过路易斯安那州，然后进入墨西哥湾上空，直抵劳德代尔堡。

印象深刻的是飞越内华达州时，机翼下先是出现大片沙漠，然后是成片成片白皑皑的积雪山峰。

从旧金山到劳德代尔堡的飞行时间是5小时30分钟，再加上时差3小时，到达劳德代尔堡已经是深夜了，除了一片灯光之外，别无所见。

顺便提一句，当我结束佛罗里达和加勒比海之旅，从劳德代尔堡飞回旧金山，由于飞行方向与地球自转的方向相同，飞行时间则长达6个多小时。

夜幕下的劳德代尔堡

自驾车 自由行

夜色如黛。捷蓝航空公司的客机降落在劳德代尔堡好莱坞机场。

佛罗里达的气温远远高于旧金山，和我不久前去过的南半球的南非差不多。这里是美国的南方，相当于中国的海南岛。我脱去呢大衣，只穿一件长袖衬衫。在美国，旧金山的气候还算是温暖的，此时的纽约，正值大雪纷飞。

按照这次的旅行计划，我们在佛罗里达是自驾车，自由行。正因为这样，到达劳德代尔堡好莱坞机场之后的第一件事，便是租车。

儿子事先在网上向安飞士（AVIS）租车公司预订了一辆轿车。

安飞士租车公司是美国的大型租车公司，旗下拥有约 40 万部汽车。安飞士租车公司在美国境内设有 1 249 个租车点，在全世界其他国家地区则设有约 2 900 个租车点，每年的用户达 2000 万。

安飞士租车公司在劳德代尔堡好莱坞机场就设有租车点。我们乘坐机场的免费巴士，从机场候机楼到达另一幢楼。楼里灯光通明。上了楼，便看见红底白字的醒目招牌"AVIS"。

安飞士租车公司的一位长发披肩的小姐，用纤细的手指在电脑键盘上飞快地摁键。看了一下电脑屏幕，又击键。她双眉紧锁看屏幕，再击键。

已经是接近子夜，巴不得坐上车去旅馆，可是这位小姐只顾击键，不发一语。

终于她开口了，说道："非常抱歉，出现了意外的情况，您订的轿车由于前一位租车者临时延长了出租时间，还没有还车，无法给您预订的车。"

儿子一听，急了，问道："能不能给我别的轿车？"

她回答说："刚才我就在想办法为您提供别的轿车，但是电脑显示，所有的轿车都租出去了！"

美国是车轮上的国家，没有车，就寸步难行。何况眼下又是深更半夜，没有车怎么办？

看到我们焦急的神情，她说："请稍候。"

她找来一位系着领带的男士，看样子是她的上司。他们商量了一阵

劳德代尔堡的美国长住宾馆

子。那位先生很客气地说："没有为你们提供预定的轿车，很抱歉。目前只有7座的商务旅行车可供出租。能不能改租商务车？尽管商务旅行车的出租价格比轿车贵，但是这次责任在我方，你们只需要支付轿车的出租费用就可以了，也就是每天30美元。"

儿子、儿媳一听，又着急了。他们平常只开轿车，从未驾驶过商务车，不熟悉商务车的性能。

那位先生安慰说："商务旅行车的驾驶技术，跟轿车没有太大的区别。"

就这样，我们改租商务旅行车。

安飞士的出租车停车场，就在柜台旁边。那位先生领着我们进入停车场，指着一辆深蓝（近乎黑色）的商务旅行车说："就是这一辆。"

我上了车，坐上牛皮座椅，宽敞而舒服。车内的空间，也比轿车大得多。美国租车公司良好的服务态度，使我们感到愉快。

儿子试了一下，很快就适应了商务车的驾驶，于是高高兴兴地驾车离开了安飞士租车公司，开始了"自驾车，自由行"。

按照安飞士租车公司的规定，提车时车辆已经加满了汽油。这家公司还规定，还车的时候也必须在油箱里加满汽油。另外，租车必须保持清洁。如果弄脏，应当清洗干净还给租车公司。

倘若租车期限到了，还要续租，必须提前通知租车公司。

　　由于安飞士租车公司的营业点很多，租车者可以异地还车，不必返回原租车点。

　　有了车，等于有了"腿"。黑夜茫茫，我们直奔预定的旅馆。劳德代尔堡是一座陌生的城市，儿子、儿媳依靠GPS寻找旅馆。他们生怕用不惯租用车辆上的GPS，还特地从家中轿车上拆下GPS带来。

　　行车不久就发现，两个GPS所指的路线全然不同，互相"打架"。到底是当地车上的GPS正确，还是从旧金山带来的GPS正确？

　　在黑漆漆的公路上，没有一个行人，无处问津。从旧金山带来的GPS大约是"外来的和尚"，一下子"不服水土"。按照常理，应当是商务旅行车上的GPS正确。那就按照当地车上的GPS行车，结果路越走越偏，最后车子进入一片荒僻的树林，无路可走。

　　这到底是怎么回事？经过细细查找原因，这才明白，在上车的时候有点忙乱，往商务旅行车上的GPS输入宾馆地址时，错了一个英文字母，真可谓"差之毫厘，谬以千里"。

　　经过重新输入，两个GPS步调一致，总算结束了"折腾"。没有多久，就看到一座3层大楼，楼顶正中，灯光照耀下的"STAY AMERICA"招牌非常明亮。哦，预订的旅馆终于找到了——原来，这家旅馆离好莱坞机场并不远。我看了一下手表，已经是劳德代尔堡时间凌晨一时。

　　我和妻住在2楼，儿子、儿媳住在3楼。我打开客房的房门，发觉房间特别的大，居然还设有厨房，灶具、冰箱之类一应俱全。

　　"STAY AMERICA"，也就是美国长住宾馆。尽管我在美国各地旅行住过各种各样的宾馆，还是第一次住美国长住宾馆。

　　美国长住宾馆是连锁店。如今在美国和加拿大总共近700个分店，客房总数达约7.6万间。

　　1975年，堪萨斯州开设了第一间美国长住旅馆。长住宾馆的特点就是适合于长住，可供住一周、一月甚至一年、几年。长住宾馆为了适合长住，所以配置了厨房等设备。因此长住宾馆特别适合于公司内部调动的高层人员、正在搬家的家庭以及离家在外的建筑工人居住。

　　在佛罗里达州，美国长住旅馆特别多。这是因为佛罗里达的飓风特别多。在遭受飓风灾难时，很多房屋受损的家庭选择了美国长住旅馆作为临时栖身之处。正因为这样，美国长住旅馆在佛罗里达被称为"救护车追逐者"。

　　美国长住旅馆提供免费早餐，而且提供WIFI——免费无线上网。

　　我在美国长住旅馆睡下，已经是当地时间凌晨2:00。

佛罗里达的公路

鲜花盛开的地方

　　按照旅店总台的关照，我在临睡前把厚厚的窗帘紧紧拉上，因为佛罗里达的日出时间要比旧金山早，而且我的房间朝南，一早就会有强烈的阳光射进来……

　　一路劳顿，实在太倦，我的脑袋刚刚碰上枕头，就呼呼大睡。

　　才睡了短暂的4小时，电话铃声大作，morning call——"叫早"了。紧接着，我的手机又铃声大作，也"叫早"了。

　　佛罗里达被称为美国的"阳光之州"（The Sunshine State），这里的阳光果真强烈，仅仅是从窗帘缝隙里漏进来几缕阳光，便把客房照得一片明亮。当我拉开窗帘，哦，好天气，朝霞满天！

　　今天由儿媳驾车，儿子观看GPS指路，他俩分工合作，我则坐在宽大、柔软的皮座椅上，细细欣赏着从车窗前"流"过的景色，不时摁动照相机的快门，抓拍美丽的瞬间。

　　我发觉，昨夜与今早形成强烈的反差：昨夜在漆黑之中到达劳德代尔堡，忙于租车和寻找住处，除了依稀的灯光和朦胧的城市轮廓，别无印

佛罗里达的海，蓝中带绿

佛罗里达海滨的彩船

佛罗里达的草顶建筑

佛罗里达盛产龙虾

象；今早在金色的朝阳下，这才发现劳德代尔堡是那么的迷人，一派热带城市风光，宽广的街道两侧是婆娑摇曳的椰子树、棕榈树，而整齐的行道树后面则是色彩艳丽的各种风格的房子，或尖顶、或圆顶、或高耸的玻璃幕墙、或两层的漂亮别墅。

劳德代尔堡位于佛罗里达州的东南部，濒临湛蓝的大西洋。在劳德代尔堡之南，便是大名鼎鼎的美丽之城迈阿密。劳德代尔堡与迈阿密，是佛罗里达州两颗嵌在大西洋畔的明珠，是熠熠生辉的"海滨双城"。

佛罗里达州是一个半岛，位于美国的东南部，北与亚拉巴马州和佐治亚州接壤，而整个半岛如同从美国大陆伸出的一只脚。这只脚浸泡在蓝色的海水之中，东是大西洋，西是墨西哥湾，而南面与古巴隔着海峡遥遥相对，这个海峡就叫做佛罗里达海峡。佛罗里达海峡与加勒比海相邻，所以漫游佛罗里达半岛，成为这次加勒比海之旅的前奏。佛罗里达州，与加勒比海诸国隔海相

13

望，有着极其密切的联系。佛罗里达风光，也与加勒比海诸国非常相似。我正是从佛罗里达州的劳德代尔堡港乘坐游轮，前往加勒比海的。

佛罗里达州三面环海，海岸线长达13 500公里，仅次于阿拉斯加州，居美国第二位。

佛罗里达州南部属热带气候，北部属亚热带气候，这里阳光充足，气候温暖，海滩众多，而且大都是又细又软的沙滩。尤其是寒风在美国肆虐的时候，佛罗里达州吸引着众多的旅游者。正因为这样，佛罗里达州被誉为"全球顶级的旅游度假胜地"。这里的旅行社用带有广告意味的词句这样宣传佛罗里达州："佛罗里达不但拥有灿烂明媚的阳光、无与伦比的海滩、旖旎的自然风光、首屈一指的购物体验以及举世闻名的旅游景点，并且凭借其不断创新的精神，为您的旅程和假日带来前所未有的快乐。"

我也正是冲着这种"前所未有的快乐"，不去当时正处于风雨交加的纽约、波士顿、芝加哥，而去炎夏般的佛罗里达。

佛罗里达原本住着印第安人，在这里已经有着几千年的居住史。第一个叩开佛罗里达大门的西方人，是西班牙探险家胡安·庞塞·德莱昂（Juan Ponce de Leon）。他原本是西班牙王国的波多黎各首任总督，遭到撤职之后率船队去寻找"青春不老泉"。他的船队从加勒比海穿过海峡，于1513年4月2日在这个半岛登陆。德莱昂看到这里到处是鲜花，绚丽多彩，便以西班牙语命名为La Florida，即"鲜花"，亦即"鲜花盛开的地方"之意。从此这里便叫做Florida，中文音译为佛罗里达。德莱昂穿越的海峡，也因此叫做佛罗里达海峡，而这个半岛叫做佛罗里达半岛。

1515年，西班牙人占领了墨西哥，乘胜北上。1540年，700多西班牙人登陆佛罗里达半岛，宣称这"鲜花盛开的地方"成为西班牙王国的殖民地。

"鲜花盛开的地方"是那么的诱人，"引无数英雄竞折腰"。一部佛罗里达的历史，成为"城头变幻大王旗"的历史：

在西班牙人占领佛罗里达之后，1564年法国人闻讯赶来，在佛罗里达建立殖民地；

法国人的脚跟尚未站稳，便在第二年——1565年被西班牙人赶走；

1586年，英国人染指佛罗里达，一度把佛罗里达的圣奥古斯丁堡纳入囊中，遭到西班牙的抵制；

此后，英国、西班牙、法国为了争夺北美殖民地发生了战争，互有胜负。1763年2月10日，英国同法国、西班牙在巴黎签订了《巴黎和约》，西班牙把佛罗里达割让给英国；

佛罗里达鲜花盛开

　　不久，英国、西班牙、法国再战。1783年，根据在凡尔赛签订的和约，英国又把佛罗里达还给了西班牙；

　　1819年，美国从西班牙人手中夺取了佛罗里达；

　　1845年，佛罗里达加入美国联邦，成为美国第27州，简称佛州；

　　1861年，在南北战争时，佛罗里达宣布退出美国联邦；

　　1865年，佛罗里达重新加入美国联邦，直至今日。

　　由于佛罗里达鲜花盛开，适宜居住，大批移民进入佛罗里达。如今佛罗里达州拥有1 880万人口（2013年统计数字），在美国50个州之中名列第四。佛罗里达州的州府为塔拉哈西 (Tallahassee)，位于佛罗里达半岛北部的阿巴拉契湾畔。

　　在群雄争霸、"你方唱罢我登台"的日子里，最受伤害的是佛罗里达的原住民印第安人。如今，佛罗里达的印第安人只剩下1 600人而已。

　　我在加利福尼亚州旅行时，高速公路两侧往往群山起伏，就连旧金山市中心也是时而上坡时而下坡，然而在佛罗里达州旅行，却一马平川，连小山都不见，这有点类似于上海，佛罗里达州的平均海拔不到35米。

　　佛罗里达不仅鲜花盛开，而且树木繁茂，满眼青翠，森林覆盖率达60%。

　　佛罗里达盛产柑橘，产量占美国总产量的75%。正因为这样，佛罗里达州的州花为橘花。

"美国威尼斯"

特色，即不同于众。

在欧洲那么多漂亮的城市之中，意大利的威尼斯以河港交错的水城而独具特色，吸引众多的游客。

劳德代尔堡到处是高大的棕榈树，到处是大大小小、长长短短的河港，城区仿佛是漂浮在海面之上。在美国众多漂亮的城市之中，劳德代尔堡也以河港交错的水城而独具特色，被人称为"美国的威尼斯"。

跟意大利威尼斯不同的是，威尼斯乃一座历史古城，到处是上了年纪而显得灰暗的建筑，而这座佛罗里达州东南的现代海港城市，远比威尼斯靓丽，充满青春活力。

我来到劳德代尔堡，如同来到中国江南水乡。不同的是，劳德代尔堡

家门口的游艇

来美国劳德代尔堡，仿佛来到海南岛

劳德代尔堡的大楼

在劳德代尔堡游艇比汽车还普遍

河港里流动的是蓝色的海水，而中国江南水乡小河里是绿色的河水；劳德代尔堡河港里穿梭的是白色的现代化游艇，而中国江南水乡河港里则慢悠悠晃动着古老的木船。

我来到劳德代尔堡的时候是深夜，从飞机上看下去是一片灯光而已。对于劳德代尔堡的总体印象，是在我离开劳德代尔堡的时候，正值下午，阳光火辣辣烤着大地，我得以从飞机上清晰地俯瞰劳德代尔堡，在这里不妨"提前"写一下：

我看到劳德代尔堡东面，是浩渺无际、深蓝色的大西洋。劳德代尔堡与大西洋的"分界线"，是镶在岸边那雪白的浪花带。沿着那耀眼的浪花带，矗立着一幢幢高楼大厦。

我还看到劳德代尔堡市区怀抱着一个巨大的蓝色港湾，港湾与大西洋相通。劳德代尔堡湾却是风平浪静，游弋于港湾之中的小艇，船尾拖着白色的浪迹，仿佛长了一条白色的尾巴。

17

游艇是水城劳德代尔堡的主要交通工具

劳德代尔堡码头风光

劳德代尔堡海滩

劳德代尔堡的住宅

　　一个个长条形小岛（人工岛）排列在港湾之中，一艘艘海轮停泊于长条形小岛的码头。劳德代尔堡拥有100多处码头和船埠，众多的河港可以容纳大约42 000艘游艇。

　　在成群的海轮之中，最为醒目的当然是庞然大物——大型豪华游轮。我透过飞机舷舱玻璃俯摄两艘挨在一起的大型豪华游轮。可是当我后来在电脑屏幕上细细欣赏这张照片时，却惊讶地发现，在两艘大型豪华游轮后方，还有两艘大型豪华游轮呢！劳德代尔堡港是深水港，成为吃水很深的大型豪华游轮的母港，被誉为"世界游轮之都"，名副其实。很多大型豪华游轮都是从劳德代尔堡出发，前往加勒比海。我也是从劳德代尔堡码头，登上皇家加勒比游轮"海洋独立号"，开始加勒比海之旅。

　　劳德代尔堡是一座人口不到20万的城市，可是由于海湾、河港占据很大的面积，所以城市面积变得很大。劳德代尔堡市中心矗立着许多高楼大厦，在我看来跟

别的现代化城市的市中心并无二致，只是为了反射热带强烈的阳光而把墙面的颜色刷得很浅或者十分艳丽。除了市中心之外，劳德代尔堡大都是一两层的别墅。

最富特色的是劳德代尔堡的郊区。我发觉那里居民小区的布局，类似于三明治：中间的"馅"，是一长排风格各异的别墅；"馅"的这边是一条公路，另一边则是一条河。一条公路、一排别墅、一条河，又是一条公路、一排别墅、一条河，这样的"三明治"组成了劳德代尔堡。

别墅的院子或者车库里停着轿车，后门的私家码头上停着游艇。也就是说，这里居民的家，打开前门可以驱车上公路，打开后门可以从码头上游艇。这才是"美国威尼斯"与众不同的地方。

劳德代尔堡有着蓝色的"主动脉"——近500千米长可供大船航行的水路，还有无数"微血管"——小河，可供小游艇出入。这些河港在劳德代尔堡形成密密麻麻的水网，成为一座风光绮丽的浪漫水城。我的视线所及，到处是大大小小的白色游艇以及高高低低的桅杆，组成了劳德代尔堡特立独行的一道风景线。

对于劳德代尔堡的居民来说，驾驶游艇出门，不仅仅为了迎着海风欣赏水景，更是一种生活方式。他们的生活中不能没有游艇，诚如美国其他城市的居民离不了汽车一样。他们外出访友、购物、运输货物，直至出海捕鱼、度假休闲，无一不与游艇紧密联系在一起。

大约因为住在劳德代尔堡的缘故，我们在夜晚也驾车游览劳德代尔堡。记得有一回我们夜访劳德代尔堡的一个小镇，居然在小镇遭遇堵车。太多的轿车涌到这里，太多的人来到这里，使小镇变得熙熙攘攘——白天路过那里时，行人寥寥无几。即便是平日的夜晚，商店也早早打烊。那天小镇在夜幕中灯火辉煌，最"爆棚"的是街头露天酒吧，成双成对举杯畅饮，而桌上点着一支支蜡烛，放着一束束玫瑰。哦，我忽然记起，那天是2月14日——情人节！

劳德代尔堡另一个给我留下深刻印象的地方，是市区的海滩。那是沿着深蓝色大西洋的长长的浅黄色沙滩，蓝天白云下一棵棵翠绿的棕榈树卓然而立，一顶顶宝蓝色的太阳伞像蘑菇散落其间，游客们穿着五颜六色的T恤、泳衣，或下海游泳，或躺在帆布椅上晒日光浴，或慢跑，或骑自行车……这色彩丰富的沙滩，是劳德代尔堡生活的另一侧面。

繁华的迈阿密

加勒比海之都

　　钟在寺内，声在寺外。迈阿密早就超越佛罗里达的州界，名声在外。一部又一部美国电影，纷纷选择在这座充满热带风光的美丽动人的海滨城市拍摄，使世界各地的很多观众从银幕上得以"目游"迈阿密。

　　在迈阿密拍摄的电影中，最为中国观众熟悉的当推巩俐出任女一号的美国电影《迈阿密风云》(Miami Vice)。这部电影以"FBI"（美国联邦调查局）与毒枭之间的格斗以及卧底警察与性感女银行家伊莎贝拉（巩俐饰演）的私密恋情吸引眼球，而故事选择在迈阿密这座城市展开，那大海、沙滩、阳光、高楼，也为观众所乐见。

　　其实《迈阿密风云》也是迈阿密现实的反映。走私、贩毒，确实是迈阿密的"风云"之一。迈阿密是美国最大的可卡因转运中心，哥伦比亚等国毒贩把毒品通过走私运往迈阿密再转往美国各地销售。迈阿密的犯罪率、谋杀率居高不下。

　　劳德代尔堡与迈阿密，是佛罗里达州东南的"海滨双城"。从劳德代

迈阿密风云

尔堡到迈阿密距离不过27英里，亦即44公里，沿高速公路行进半个多小时就够了。然而这"海滨双城"之间往返的车辆太多，堵车是家常便饭，尤其上下班高峰时在靠近迈阿密的地方最容易堵车。我们的车子几度往返双城，也曾遭堵。

迈阿密比劳德代尔堡大得多。据2013年统计，迈阿密市区人口42万，比劳德代尔堡多一倍。迈阿密是佛罗里达州仅次于杰克逊维尔(Jacksonville)的第二大城市。当然，这里指的是迈阿密市区的人口。美国的人口，大量散居在城市的郊区以及附近的县。迈阿密加上附近的迈阿密－戴德县、布劳沃德县、棕榈滩县以及劳德代尔堡，总人口达500多万，形成类似于中国的长三角、珠三角、京津冀这样的都市圈。以迈阿密为核心的迈阿密都市圈，又称"大迈阿密"，是美国东南部最大的都市圈，与以纽约、芝加哥、洛杉矶为中心的都市圈并称为美国四大都市圈。迈阿密都市圈强大的经济、文化辐射力，波及加勒比海国家以及中美洲、南美洲。

尤其对于加勒比海国家，迈阿密都市圈是举足轻重的。迈阿密的一举一动，都对加勒比海国家产生深刻的影响。套用一句常说的话："迈阿密打喷嚏，加勒比海就感冒。"

迈阿密跟加勒比海密不可分的关系，除了地缘之外，还在于人际。在迈阿密，到处响着西班牙语。1960年，迈阿密90%的人口是白人，而到了1990年，颠倒过来了，白人只占迈阿密人口的10%。那90%是什么人呢？

街头绿墙

是大量涌入的加勒比海国家的移民，其中特别是古巴和海地的移民，成了迈阿密人口的主体。古巴和海地都曾经是西班牙的殖民地，所以讲西班牙语。迈阿密，成了"加勒比海世界"！

怎么会有那样多的加勒比海移民进入迈阿密呢？

我来到迈阿密之后，才弄清楚这座城市的历史轨迹……

迈阿密——Miami，印第安语的原意是"甜水"。据说在迈阿密往地下挖5米左右，就会冒出甘甜的淡水。其实那是因为迈阿密市区之下有一条地下河，发源于迈阿密北部湖沼地带，所以成了"甜水"。

迈阿密的原住民是印第安人的分支，叫塞米诺尔人。塞米诺尔人居住在迈阿密，已经有2 000多年历史。1513年，西班牙人在发现佛罗里达半岛的时候来到这里，后来在这里建立了殖民地。

美国政府从西班牙人手中夺取这块土地，并对塞米诺尔人发动了三次战争，叫做"塞米诺尔战争"。塞米诺尔人几乎全部被剿灭。1821年，这里归属美国。1898年7月28日，佛罗里达东岸铁路延伸到这里，于是有了迈阿密站。这个小站便是今日迈阿密的雏形，当时的迈阿密总共有204名居民，其中23名是白人，181人是黑人。

迈阿密的人口不断增加：1900年为1 681人；1910年，5 471人；1920年29 549人……

在第二次世界大战中，迈阿密成为美国防御德国潜艇攻击的基地，美

军南方司令部也迁至迈阿密。迈阿密人口迅速增加。

到了1950年，迈阿密已经是一座10万人口的城市。直到这时，迈阿密仍没有多少加勒比海移民。

加勒比海大规模移民浪潮的潮头，出于古巴。1959年元旦，古巴发生天翻地覆的变化，在卡斯特罗的领导下建立了红色政权。大批古巴的富有阶层则渡海北上，从西礁岛登陆美国，来到迈阿密。据统计，先后涌入迈阿密的古巴移民达14万人之多！在迈阿密，出现了古巴移民聚居之处，人称"小哈瓦那"。来自古巴的地主、资本家把资金也带到迈阿密，极大地促进了迈阿密的经济发展。如今，迈阿密三分之一以上的企业主，是古巴移民。

继古巴之后，大批来自海地、尼加拉瓜、洪都拉斯等国家的人民由于生活贫苦而偷渡西礁岛，进入迈阿密。这些国家以及一些古巴的贫苦移民，成为迈阿密的"打工族"，干着种种重体力活。迈阿密一下子建起大批新楼，资金来自古巴那些逃出来的富人们，而在建筑工地顶着热带火辣辣阳光干活的，则是那些穷苦难民。由于大批贫苦移民进入迈阿密，致使迈阿密23%的18岁以上人口没有上过中学，在美国城市之中排倒数第二位。此外，在迈阿密，38.2%的18岁以下和29.3%的65岁以上的人口，生活在贫困线以下。也正因为这样，在这座美丽的城市不时发生杀人越货的事件。

古巴、海地以及其他加勒比海移民的涌入，改变了迈阿密人的"成分"，使迈阿密成了加勒比海人的迈阿密，成了美国的"加勒比海之都"。据统计，在迈阿密的人口之中，34.1%来自古巴，5.6%来自尼加拉瓜，5.0%来自海地，3.3%来自洪都拉斯。此外，非洲裔美国人，占迈阿密人口22.3%。

美国人虽然不悦又不能不承认迈阿密"加勒比海化"的现实，只得无奈地说，迈阿密成了"最不美国的美国城市"！

加勒比海移民"反客为主"，成了迈阿密的"主人"。此外，迈阿密还有诸多华裔以及芬兰、法国、南非、以色列、俄罗斯、土耳其、墨西哥移民。在迈阿密，除了英语和西班牙语、海地克里奥尔语是官方语言之外，其他语言还包括南非语、葡萄牙语、法语、德语、希伯来语、意大利语和俄语。各种语言、各种文化在迈阿密交融，所以迈阿密是"民族大熔炉"、"文化大熔炉"。

其实，美国本身就是一个移民国家。"各色人等"大批移民迈阿密，正是美国作为移民国家的一个缩影。

迈阿密的迷人景色

　　不论是谁来到迈阿密，都会喜欢这座年轻漂亮、充满活力的城市。迈阿密迷人的热带风光，令人流连忘返。我见过世界各地那么多城市，迈阿密是其中的佼佼者。

　　迈阿密之美，在于怀抱着蓝宝石般的比斯开因海湾（Biscayne Bay）。比斯开因海湾之外，是浩瀚的大西洋；在比斯开因海湾之内，"躺"着一个个细而长的小岛。这些小岛上"撒"着一座座白色的别墅，而小岛四周的海面上则"撒"着一艘艘白色的小艇以及万吨游轮，小岛与小岛之间用一座座桥梁连接。就连行驶在小岛上的公共汽车，也是白色的。

　　顶着明亮而炙热的阳光，呼吸着潮润而带着咸味的海风，我们的汽车沿着迈阿密高速公路穿过一座座小岛间的桥梁，领略这座海港城市的风韵。在比斯开因海湾兜了一圈还嫌不够，于是又兜了一圈——这大约正是自驾游的长处。

迈阿密码头的巨型游轮

迈阿密标志性建筑——自由塔　　　　　　迈阿密的双层旅游巴士

　　我注意到一个有趣的细节，虽说迈阿密跟劳德代尔堡只相隔半个多小时车程，但是在劳德代尔堡我到处看到棕榈树，而在迈阿密见到的却大都是椰子树，偶尔有一些棕榈树。劳德代尔堡与迈阿密同为佛罗里达半岛东南的海港城市，劳德代尔堡以满城联网的河港构成其水城特色，而迈阿密则以比斯开因海湾为中心，以众多小岛组成岛链造就一座别具一格的水城。

　　迈阿密一马平川，视野开阔。迈阿密新建了几十幢高楼大厦。这些浅色外墙或者以玻璃幕墙装饰的大楼，内中不少是瘦高型。这些现代化高楼，不像纽约曼哈顿那样像筷子笼里的筷子高度密集在一起，而是沿着比斯开因海湾散开，东三四幢，西五六幢，矗立在城市的天际线上。在蓝天碧海衬托之下，这些浅色高楼显得格外耀眼。

　　在迈阿密的高楼之中，矗立于市中心的一幢米黄色的方形大厦可谓特立独行，不同于众。这是迈阿密最"古老"的高楼，也是迈阿密地标性建筑，叫做自由塔，建于1925年，是模仿西班牙塞维利亚的回旋塔建造的。我们来到那里后最感惊奇的是，在自由塔裙楼顶上，居然高高飘扬着一面巨大的古巴国旗！

　　美国与古巴，虽说是隔着佛罗里达海峡相望的邻国，可是曾经一度剑拔弩张，彼此敌视。即便是在今日，美国与古巴仍是心存芥蒂的邻居。古巴的国旗，怎么会在迈阿密的地标性建筑上迎风猎猎？

原来，迈阿密自由塔最初是《迈阿密新闻》的总部。在20世纪60年代大批古巴难民涌入迈阿密后，这里成为古巴移民的移民站和避难所。随着迈阿密的古巴移民越来越多，于是自由塔成了古巴移民纪念碑。在自由塔的底层，专门开设了古巴移民博物馆，以记录这段历史，并宣传古巴移民对于振兴、繁荣迈阿密经济所作出的巨大贡献。

迈阿密自由塔在1979年被列入美国国家历史遗迹名录，2008年被列为美国国家历史地标。

在自由塔不远处，我来到以美国航空公司冠名的迈阿密NBA篮球场（American Airlines Arena）——迈阿密美航球场。这座球馆巍然屹立在迈阿密市中心的比斯开因海湾之侧，地理位置极为优越，可称钻石地带。美航球场于1999年建成，可容纳19 600位观众。引人注目的是，美航球场外墙上的一块LED大屏幕，达316平方米，是美国所有球场及露天体育场的显示屏中最大的。美航中心是NBA迈阿密热火队的主场。这里有精彩无比的篮球赛，那激烈的角逐、准确的投篮、球迷火爆的欢呼，通过电视直播，曾经吸引无数观众的目光。

也有的时候，迈阿密美航球场显得异常优雅，观众席上鸦雀无声，那是音乐会在这里举行，琴声、歌声在这里飞扬、激荡。

迈阿密最热闹的去处，莫过于南海滩。一条长达数公里的细软沙滩，

以美国航空公司冠名的迈阿密NBA篮球场——迈阿密美航球场

飞翔

如同洁白的地毯，横卧在椰子树林与大海之间。前往迈阿密的游客，差不多都把这里定为首选游览地，我们也不例外。

一到南海滩，便遭遇停车难。沿着与南海滩平行的第一条马路热闹非凡，那里是主干道大洋路（Ocean Drive），路边的停车位全部爆满。沿着第二条马路行进，两侧的停车位也无一闲着。再沿着第三条马路转了一圈，依然无处停车。沿途见到不少豪车。偶然在第四条马路上，看到有地下停车场，总算还有空位，便把汽车泊好，然后步行到南海滩。南海滩停车难，折射出这里的人气之旺。

大洋路一侧是海滩，一侧是鳞次栉比的商店。不论哪一侧，都种着一排迎风摇曳的椰子树作为行道树。主干道面对海滩那一侧的商店，以餐馆居多。古巴餐、墨西哥餐、法国餐、美国快餐、中国菜，应有尽有。餐馆为了扩大"地盘"，往往在人行道上也摆上餐桌、餐椅，上面搭了凉棚。正值情人节前后，这里的餐馆顶上挂着红色心形灯，座位上安放着桃红色心形靠垫，尽量为天下有情人创造浓浓的爱的气氛。

迈阿密的色彩

　　在大洋路之后的一条条街区，商铺林立，以服装店、旅游工艺品店居多。

　　我无意于在这里购物。穿过主干道，穿过浓密的椰子树林走向沙滩，走向大海。

　　脚下的沙滩软软的，沙又白又细。像我这样穿着皮鞋在沙滩上行走的人不多。这里的游客大都光脚，或者趿着人字形橡胶拖鞋。男士大都短裤、光膀，女士则比基尼。沙滩很宽，足有一两百米。沙滩上到处是或立或卧或坐或行的人们。

　　白沙滩之上，是蓝盈盈的天空。天空中也很热闹：

　　成群雪白的海鸥在低空盘旋，发觉沙滩上有游人丢弃的食物，立即俯冲下去；

　　在海鸥之上，五颜六色的三角伞翼机在晃晃悠悠，惬意地兜着圈子；

　　在三角伞翼机之上，几架螺旋桨飞机在来回穿梭，机尾拖着长长的广告条幅，为商家效力；

　　在旋桨飞机之上，则是或起或降的大型喷气式客机。迈阿密国际机场离此不远，是世界最繁忙的机场之一，国际旅客入境量为全美第二（仅次于纽约的肯尼迪机场），年客运量3 500万人，货运量世界排名第十，是美国与拉美之间最大的门户机场。

白沙滩之外，是瓦蓝瓦蓝的海。海也是一个热闹的处所：

这里的海水像玻璃般透明。海底珊瑚和海中游鱼，历历在目；

沙滩近处，游泳者比比皆是，潜泳、侧泳、仰泳、蛙泳，各显神通；

沙滩稍远处，摩托快艇翘首疾驶，在海面扬起一道雪白的浪迹；

沙滩远处，一艘艘万吨、10万吨、20万吨的巨轮在进进出出。迈阿密港最大水深达十几米。这里拥有12个超级游轮码头，可以同时停泊20艘大型豪华游轮，被誉为"世界游轮之都"。最近20年来一直是世界游轮第一大港，港口旅客连年突破400万人次大关，占世界游轮游客的七分之一。

迈阿密的南海滩，不论在沙滩之上，还是沙滩之外，都热闹非凡，构成了一幅充满蓬勃生机和活力的立体画轴。

2008年，迈阿密以"良好的空气质量、大量的植被覆盖、清洁的饮用水、干净的街道和全市范围的垃圾回收计划"而被《福布斯》评为"美国最干净的城市"。迈阿密还被瑞士联合银行评为美国第三富裕城市和全球第22富裕城市。

迈阿密是国际化大都市，主要产业包括旅游业、金融业、文化娱乐、传媒、房地产业及国际贸易。旅游业成为迈阿密的经济支柱。迈阿密拥有豪华旅馆400多家，可以同时接待20万游客。

迈阿密是1 400多家大公司的拉美业务总部所在地，其中包括美国国际集团（AIG）、美国航空、思科、迪斯尼、联邦快递、微软、沃尔玛等。

行走于迈阿密，除了感受这座欣欣向荣的城市的强烈脉动之外，我还注意到一个细节，那就是这里的年长者格外的多，是一座"白发城市"。美国很多人在退休之后，选择移居迈阿密。迈阿密赢得那么多老人的垂青，因为这里是美国本土冬季最温暖的城市。迈阿密气候温暖有两个原因：一是这里是美国的最南方，二是温暖的墨西哥洋流途经这里。迈阿密的气候特点是夏日炎热潮湿，冬季温暖干燥。迈阿密吸引老人还有一大原因，佛罗里达没有州税。

在迈阿密的种种政府机关之中，有一个机构是独特的——美国国家飓风中心。

美国政府把国家飓风中心设在迈阿密，是因为迈阿密多飓风。迈阿密的飓风季节，通常是从每年6月1日开始，一直持续到11月30日。其中飓风最活跃的时间是8月底到10月底。

如今在迈阿密动物园的入口处，建立了这样的飓风纪念碑，上面写着："1942年9月15日，里奇蒙海军航空基地在这里建成。机场里主要停落的是软式小飞艇，以侦察墨西哥湾的德国潜艇。飞艇停放库共有三个大机库，各长1000英尺(合305米)，它们称得上是世界上最大的土木结构建筑之一。在里奇蒙海军航空基地落成三周年时，一次强烈的飓风使全部机库，连同在这里停落的368架军用和民用飞机以及25艘飞艇，均化为乌有。这天，在附近的霍姆斯特空军基地，观测到风速为77米/秒，最大阵风为88米/秒。里奇蒙海军航空基地从此在这块土地上消失了。"

正因为迈阿密多飓风，这里在设计房屋时，特别重视增强抗飓风性能。

探秘"富豪天堂"棕榈树滩

在迈阿密南海滩主干道大洋路与第十街的拐角，一座四层的豪华住宅虽说不允许游人入内，却常被人指指点点，因为那里曾经是意大利顶级的服装设计大师范思哲的别墅。范思哲有着时装界的"恺撒大帝"之誉，在全世界各大城市拥有200多家专卖店，零售网点3 000余个，1996年全球营业额近46亿人民币。范思哲和妹妹多纳泰拉、弟弟桑托到迈阿密度假时，就住在这里。

1997年7月15日上午8时30分，当范思哲从附近杂志店买了几本杂志回家，手持钥匙开门的时候，一个20多岁的白人男子用手枪向他的后脑勺开了两枪，51岁的范思哲当即倒在血泊中身亡。

这一消息震惊美国，震惊世界。范思哲的装修极其奢华的别墅也因此曝光。后来这座别墅易主，据说由于是"凶宅"，售价还不及范思哲当年的装修价。

在迈阿密，有诸多像范思哲这样的名人、明星购置的豪华别墅。由于这些名人、明星的行踪容易曝光，他们的豪宅也常常见诸报端。内中，名声在外的要数迈阿密的明星岛（Star Island）。那是比斯开因海湾中的一个小岛，房地产商在岛上开发高端房产，招引诸多影视巨星入住，成了名副其实的明星岛。如今，迈阿密的旅行社甚至安排游艇沿着明星岛转圈，导游指点明星岛上一幢幢风格各异的别墅，让游客知道哪个明星住在哪一幢

沃思湖畔矗立着许多高楼，这座临湖的城市叫做西棕榈滩市

豪宅，这一特殊的旅游项目名曰"数星星"。

常言道，"半瓶水晃荡，一瓶水不响。"就拥有的财富而言，顶级的影视明星跟顶级富豪相比，只不过是小菜一碟而已。跟招摇过市、喜欢张扬的明星们相反，顶级富豪选择了低调，不声不响。在佛罗里达，真正的富人区，是远离闹市而风光宜人的海滨——棕榈树滩（Palm Beach）。诚如棕榈树滩的一位富翁所言："这里没有人注重你是否出名，重要的是你拥有金钱和地位。"这就是棕榈树海滩与明星岛的区别。

棕榈树滩是旅游的"盲点"，几乎没有旅行社会带领旅游团队到那里去。据称只有房地产商带领富有的顾客前往那里看房。这一回，充分发挥自驾游的优势，趁着有半天空闲，在GPS的指引下，从劳德代尔堡驱车前往棕榈树滩。

迈阿密在劳德代尔堡之南，而棕榈树滩则在劳德代尔堡之北。不远，从劳德代尔堡大约行车一个多小时，就来到棕榈树滩。

我先是看到一个镜子般明净的湖，叫做沃思湖。沃思湖畔矗立着许多高楼，这座临湖的城市叫做西棕榈滩市。西棕榈滩市位于佛罗里达半岛东南。从西棕榈滩市越过一座桥，跨过了岸内航道，便到了一个小岛，叫做棕榈树滩岛。通常说的棕榈树滩，包括西棕榈滩市和棕榈树滩岛。所谓的"富人天堂"棕榈树滩，其实是指棕榈树滩岛。

棕榈滩岛是佛罗里达州最靠近墨西哥暖流的陆地，气候温暖。车入滩

棕榈树滩的私家海滩

棕榈树滩的豪宅

棕榈树滩一座座深宅大院的大门

岛，便见绿意盎然的棕榈树，树下是茵茵草坪。这里格外地幽静，跟车马喧喧的迈阿密是截然不同的两个世界。

据说，这个小岛只住着为数不多的渔民，靠打鱼维持生计。1878年1月，一艘装载着可可豆的货船从古巴哈瓦那驶往西班牙的巴塞罗那，途经这个小岛时搁浅。水手们看到小岛的海滩上多棕榈树，便称之为棕榈树滩岛。岛上的渔民帮助水手们修好了船，水手们送了许多可可豆给渔民们表示感谢。从这时候开始，小岛上种植可可豆。

使小岛发生天翻地覆巨变的人，是美国实业家亨利•弗拉格勒(Henry Flagler，1830~1913)。他发现，温暖的佛罗里达是个好地方，很值得开发，便投资修建佛罗里达州东海岸铁路。1883年，他与第二任妻子来到棕榈树滩岛度蜜月。他凭借敏锐的企业家目光，以为这个大西洋畔风景优美的小岛极具开发潜力，便出资在棕榈树滩岛上买地

33

作者夫妇在棕榈树滩

皮，建造高档宾馆。他先是修建了Royal Poinciana饭店，接着又在棕榈树滩岛修建Breaker饭店。这两家豪华宾馆吸引诸多美国北方的阔佬来棕榈树滩岛过冬，成为寒冬的度假胜地。有的富翁干脆在棕榈树滩岛买地皮，建别墅。就这样，棕榈树滩岛聚集了越来越多是巨贾富商。

我们的商务旅行车在棕榈树滩岛穿行，来到小岛的东岸，那里面对大西洋，是豪宅最集中的地方。一条柏油马路与海岸线平行，马路两侧是浓密的棕榈树。一座座深宅大院并肩而立。大院筑起高高的围墙，围墙上爬满青藤，筑成一道绿色的篱笆。车子沿着这条柏油马路走了一个来回，在两侧每隔一两百米，往往只见到一扇紧闭的大门。有的大门是铁栅栏门，可以透过大门看见一条两侧都是树林的路，而所有的房子都隐蔽在树林之中，给人一种"侯门深似海"的感觉。也有的房屋没有树木遮挡，大都是欧式别墅，高梁大屋，浅色外墙。在柏油马路上，除了偶尔有几辆豪车驶过之外，没有看见一个步行者。给我的印象是，这里的宅主几乎都深藏不露。

我们沿着一条小马路驶向海边。那里是一个大院的后门，面对大西洋。那里的一大片沙滩属于这家大院。激浪猛烈地冲击着沙滩，一排浪头过来，在沙滩上留下一堆雪花般的浪沫。紧接着又是一排浪头过来，又是留下一堆雪花般的浪沫。如此充满动感和海味的沙滩，令人绻缱，倘若在迈阿密，无疑将是人头攒动，一片喧哗。可是在这里，除了沙滩上安放着主人的两把空躺椅之外，阒无人影，静悄悄只听见风声与浪声。大约是我们的汽车声音惊动了深宅中的看家犬，远处传来几声狗吠声。

棕榈树滩岛上宅大人稀。据统计，岛上的居民不过万把人。除了岛上几家高星级宾馆的工作人员和深宅大院的门卫、佣人们，宅主的人数并不多。不过，这里不愿显山露水的宅主们，个个腰缠万贯。据称，从几个世纪以前美国的范德比尔特家族、洛克菲勒家族、卡耐基家族、梅隆家族，到近代的慕恩家族、贝克家族，都曾是棕榈树滩岛的宅主。美国前总统肯尼迪，曾经在这里置产。除了美国富豪之外，国外的富豪也加盟棕榈树滩岛的宅主行列。香车、美女、金钱、豪宅在棕榈树滩岛上集结，所以棕榈树滩岛被称为"富豪冬日俱乐部"。有人说，在寒冬，美国四分之一的财富在这里流动。

富豪们看中棕榈树滩岛，除了环境优美、冬日温暖之外，还因为佛罗里达州无个人所得税，而且是全美唯一设法律保护个人主要居住房产不可触动的州。

当然，到了炎夏，到了飓风盛行的季节，棕榈树滩岛只剩下管家与佣人。

在棕榈树滩岛，我看到海滨之侧的一个又一个高尔夫球场。在这里挥杆，充分享受阳光，也享受潮润温暖的空气。

来到肯尼迪航天中心

佛罗里达是一个天气多变的地方，一到这里，就格外关注天气。跟美国很多地方一样，这里不仅有以天为单位的天气预报，而且还有以小时为单位的天气预报。

得知翌日是好天，便决定赶赴肯尼迪航天中心。考虑到肯尼迪航天中心颇远，从劳德代尔堡驾车前去，路上要花费3个多小时，何况肯尼迪航天中心参观的项目又多，所以不得不一早6点就起床。

匆匆漱洗，为了节省时间，从美国长住旅馆拿了点干粮，手持一杯麦片粥，上车进餐。这样，在6:30就从劳德代尔堡出发。

穿过劳德代尔堡城区之后，沿着95号高速公路向北进发，前往肯尼迪航天中心。我看到出城的高速公路上畅通无阻，而进城的高速公路上则

这是美国国家航空航天局的标志

肯尼迪宇航中心

轿车密密麻麻。不言而喻，"富居乡"，很多人喜欢住在郊外宽敞的别墅里，此刻正驾车进城上班……

向北，向北，一路向北。从佛罗里达州南部的劳德代尔堡，沿着高速公路向北，到达佛罗里达州的中部。

奥兰多是佛罗里达州中部最大的城市。那里的迪斯尼游乐场、环球影城和水世界，吸引着众多的游客。然而这次我没有去，因为在美国洛杉矶、日本东京，我都去过迪斯尼游乐场。我关注的是离奥兰多两小时车程的肯尼迪航天中心。

向北之后向东，我们的商务旅行车径直朝肯尼迪航天中心驶去。

大抵是一大片平原的缘故，我第一眼看到的是冒出路旁行道树顶的一个橙色的尖溜溜的东西。当绿树从窗前掠过之后，我清楚地看见，原来是两支白色、高大的火箭，夹持着一个橙色的长圆桶，矗立在远处的地平线上。

紧接着，我在路旁看见一个巨大的蓝色、圆形的标志牌，上书Kennedy Space Center，即肯尼迪航天中心，又译为肯尼迪宇航中心。经过3个多小时的行车，心仪已久的肯尼迪航天中心终于到了。

由于肯尼迪航天中心仍在使用，大部分地区尚属于美国戒备森严的国防禁区，因此不允许私家车入内。游客只能造访警戒线之外指定的游览区域。我们在停车场停车之后，便步行进入肯尼迪航天中心。在购票处购买门票，乘坐肯尼迪航天中心的观光巴士在指定的区域参观。

进入肯尼迪航天中心之后，迎面是一个巨大的蓝色地球雕塑，火箭的红色轨迹绕着地球，上书NASA四个巨大的白色字母。NASA是National Aeronautics and Space Administration的缩写，通常译为美国国家航空航天局，又称美国国家航空和太空管理局，也有的译为美国太空总署。这个雕塑，是美国国家航空航天局的标志，经常出现在报刊、电视上。很多游客在美国国家航空航天局标志前留影。

在美国国家航空航天局标志之侧，有一个很有气派的圆弧形黑色大理石纪念碑，上镌美国前总统肯尼迪头像，以纪念肯尼迪对于美国航天事业的特殊贡献。也正因为这样，美国航天中心以肯尼迪的名字命名，称为肯尼迪航天中心。

我用"心仪已久"四个字来形容我对于肯尼迪航天中心的向往，是因为我对于航天事业有着一份特殊的感情。早在1979年我获得钱学森的批准，进入鲜为人知的中国航天员训练基地。当时我担任电影导演，在1980年拍摄了电影《载人航天》。为了拍摄这部电影，我曾经在第七机械工业

肯尼迪宇航中心纪念碑上刻着肯尼迪像

部（今中国航天工业部的前身）观看了大量的"内部参考片"，亦即当时从各种渠道获得的美国航天纪录影片。在那个时候，我就在银幕上多次"到过"肯尼迪航天中心。此后，我一直关注航天事业。出于这份浓厚的"航天情结"，前些年来到美国，我曾经两度赴华盛顿仔仔细细参观那里的航空航天博物馆。不过，那里展出的大都是模型以及航天器的部件，并没有整架的航天飞机实物。这一回，能够亲眼目睹肯尼迪航天中心，与航天飞机"亲密接触"，怎能不感到无比兴奋？

目前世界上有23个正在使用的航天发射场，其中大多数用来发射人造卫星。世界上能够用来发射载人航天器的发射场只有3个，即美国的肯尼迪航天中心、中国的酒泉卫星发射中心以及俄罗斯租用位于哈萨克斯坦的拜科努尔航天发射场。其中规模最大的载人航天器发射场，是肯尼迪航天中心。

在买好入场磁卡之后，我们通过入口处闸机步入肯尼迪航天中心的观光区。我看到观光区入口处上方，写着蓝色斗大的字"EXPLORE"，意即"探索"。

进入肯尼迪航天中心观光区，迎面就是一大排形态各异的高高的火箭，叫做"火箭花园"。这些火箭当然是模型，但是与真实的火箭一样高大。火箭是所有航天器的基础。任何人造卫星、宇宙飞船、航天飞机都是靠火箭推上太空。如果说，人造卫星、宇宙飞船、航天飞机是在梯子上表演的杂技演员，那么底下的大力士就是火箭。

钱学森就是中国第一号火箭专家。记得，1979年我在访问钱学森的时候，他就告诉我"天"与"空"的区别：离地面100公里之内，叫做"空"。100公里之外，叫做"天"。飞机是航空器，只在"空"中飞翔。人造卫星、宇宙飞船、航天飞机则是航天器，是在"天"（太空）中飞翔。航空器靠螺旋桨、喷气发动机飞上天空，而航天器则是靠火箭送上太空。肯尼迪航天中心观光区把火箭列在"头版头条"的醒目地位，就是为了强调火箭的重要性。

我在排队等候观光区的公共巴士时，看到离公共巴士站不远处矗立着肯尼迪航天中心的标志——两支白色、高大的火箭夹持着一艘橙色的长圆筒。我在高速公路上只是远远看到，现在则可以细细打量。当然，这两支火箭连同长圆筒都是与实物一样大小的模型，这又无疑一次强调了火箭的作用。

这长圆筒看去不像宇宙飞船。后来直到我参观了航天飞机展览馆，我才明白它是什么。

亚特兰蒂斯航天飞机展示馆前

长满野藤的海角

在提到美国的航天事业时，除了肯尼迪航天中心之外，还有一个高频词"卡纳维拉尔角"（Cape Canaveral）。报道中经常这么写及："航天飞机已经矗立在美国卡纳维拉尔角的火箭发射架上待命。""美国卡纳维拉尔角又一次吸引全世界的目光。" 卡纳维拉尔角成了美国航空航天事业的代名词。

这一回，我去了肯尼迪航天中心，这才知道：肯尼迪航天中心坐落在佛罗里达州布里瓦德郡东海岸的梅里特岛(Merritt Island)。梅里特岛是一个狭长的海岛，长55公里，宽10公里，面积为567平方公里，大约有17 000人在那里工作。

肯尼迪航天中心与卡纳维拉尔角有着一河之隔。这条河就是巴纳纳河。

卡纳维拉尔角在肯尼迪航天中心西南，是佛罗里达州布里瓦德郡大西洋沿岸的一条狭长的陆地。建在卡纳维拉尔角上的是卡纳维拉尔角空军基

肯尼迪航天中心放映厅

地，隶属于美国空军航天司令部第45航天联队。

可以说，位于巴纳纳河两侧的肯尼迪航天中心和卡纳维拉尔角空军基地(Cape Canaveral Air Force Station，缩写为CCAFS)，是美国航天航空的一对"双子星"。也正因为只一河之隔，所以肯尼迪航天中心通常也被说成是卡纳维拉尔角的一部分。卡纳维拉尔角成了美国航空航天事业的代名词，就是这么来的。

其实，不论是梅里特岛，还是卡纳维拉尔角，原本都是遍地野藤丛生的荒凉之所。自从西班牙探险家胡安•庞塞•德莱昂在1513年叩开佛罗里达的大门之后，也来到这里，取名Cape Canaveral（卡纳维拉尔角），意即"长满野藤的海角"——这与La Florida（佛罗里达）是"鲜花盛开的地方"有着异曲同工之妙。

其实，是先有卡纳维拉尔角空军基地，然后才有肯尼迪航天中心。美国空军司令部把目光投向这个"长满野藤的海角"，最初竟然是由于发生"公墓弹坑事故"。这个"事故的故事"是这样的：

在第二次世界大战中，德国著名导弹专家冯•布劳恩研制成功V-2导弹，德军用V-2导弹隔着海峡攻击英国，使英国蒙受重大损失。当美国军队攻入德国的时候，格外重视从德国运回的大批V-2导弹资料，而且抓捕了冯•布劳恩。当时作为美国空军上校的钱学森，便来到德国参与审讯冯•布劳恩。

美军把冯•布劳恩秘密押回美国。从此这位德国的导弹专家，效力于美利坚合众国。在冯•布劳恩的帮助下，美国的导弹技术有了长足的进步。为了试验导弹，美国空军在新墨西哥州建立白沙导弹靶场。美国导弹的射程不断加大。1947年5月，一枚由冯•布劳恩设计的导弹打偏了方向，飞越国境，落到了墨西哥胡亚雷斯市的特佩亚克公墓！这当然激怒了墨西哥政府，惹起一番外交风波——所幸的是导弹击中的是公墓，虽然弹坑深达9米、宽达15米，除了惊扰了死者之外，没有使活人受伤。

在发生这次"公墓弹坑事故"之后，美国空军司令部不得不考虑新辟导弹靶场。他们选中了佛罗里达州这个"长满野藤的海角"，因为从那里朝东发射导弹，落进广阔的大西洋，不会发生"公墓弹坑"之类的事故。经过当时美国总统杜鲁门批准，在卡纳维拉尔角建立空军基地。

于是，阒无人迹的卡纳维拉尔角开辟了军用公路，搭建起一大批营房，矗立起高高的导弹发射架。卡纳维拉尔角这个"长满野藤的海角"跃为"航空航天的海角"。然而美国空军抵挡不住卡纳维拉尔角"蚊子空军"的进攻，直至大量喷洒灭蚊剂之后，才使"蚊子空军"受到重创。

肯尼迪航天中心使美国孩子们对于航天事业产生浓厚的兴趣

1950年7月24日，卡纳维拉尔角空军基地朝大西洋发射了第一枚导弹——"保险杠"（Bumper）导弹，标志着卡纳维拉尔角空军基地正式投入使用。

1958年1月31日，对于卡纳维拉尔角空军基地来说，又是一个里程碑式的日子——这天10时48分16秒，"丘比特C"火箭运载美国第一颗人造地球卫星"探险者一号"，在这里的26A发射台成功发射。这表明，这一基地从"航空"迈向"航天"。

那是在1957年10月4日，苏联成功地发射世界上第一颗人造地球卫星"史泼尼克1号"，给美国极大的刺激。美国决心迎头赶上，终于也成功发射自己的第一颗人造地球卫星。

一场"美苏太空竞赛"，从此开始。

为了发展美国的航天事业，1958年10月1日，美国国家航空航天局（NASA）正式成立。冯·布劳恩成为首席专家。

1959年2月6日，在卡纳维拉尔角空军基地成功地发射了美国第一枚洲际导弹——提坦（Titan）洲际弹道导弹。

"美苏太空竞赛"日益激烈。美国国家航空航天局决定扩建基地，越过了巴纳纳河，在梅里特岛建设新的航天中心。

美国国家航空航天局选择这里作为航天中心，是基于这样的考虑：

第一，宇宙火箭升空之后，必须向东飞行，以便与地球的自转方向保持一致，可以利用地球的自转，助火箭一臂之力。从梅里特岛向东飞行，万一火箭失事，掉进大西洋，不会造成巨大的伤亡。即便是发射正常，火箭残骸的落处也是大西洋。就这一点而言，跟美国空军最初选择卡纳维拉尔角作为发射导弹的靶场，理由是同样的。

第二，佛罗里达处于美国最南端，是美国离赤道最近的地方（除夏威夷之外）。赤道附近由地球自转产生的离心力最大，最有利于宇宙火箭借力飞行。这一点，是美国空军最初选择卡纳维拉尔角作为发射导弹的靶场时没有考虑的。

第三，梅里特岛临海，而建设航天中心需要的材料往往又大又重，可以通过海轮运抵这里。当然也便于把火箭、卫星、航天器用海轮运抵此地。

第四，这里已经建有卡纳维拉尔角空军基地，公路交通以及保密措施完善，而且可以就近使用卡纳维拉尔角空军基地基建设备。

就这样，在巴纳纳河畔，从卡纳维拉尔角空军基地一枝独秀，到航天中心并蒂齐放。

目击火箭发射台

在肯尼迪航天中心，终于等来了大巴士。白色的车身上有着NASA（美国国家航空航天局蓝色标志）以及Kennedy Space Center（肯尼迪航天中心）蓝色大字。这是游览肯尼迪航天中心指定的专车。

大巴士在肯尼迪航天中心内宽广的公路上前进。司机兼讲解员。他一开始就向乘客说明，除了到达指定的参观地点之外，乘客们不允许半途下车，因为这里是重要的国防禁区。

我注意到，公路两侧竖立着铁丝网。

首先映入眼帘的是一幢白色的长方形、160米高的巨大建筑物，没有一扇窗户。正面的墙上，左面画着巨大的星条旗，右面则是美国国家航空航天局蓝色标志。那星条旗上每一根红条的宽度，相当有一辆公共汽车的宽度，足见这座大厦之大。

大厦前方的停车场，停着许多轿车，表明很多工作人员正在里面工作。

这叫"组装大楼"（Vehicle Assembly Building），建于1965年。组装大楼除了正面有一扇"正常"大小的门，供工作人员进出之外，两侧各有一扇高达139米的大门。这扇大门自上而下有7块巨大的门板。这大门平时"门虽设而常关"。当火箭或者航天飞机组装完毕，大门开启，从这里运出组装大楼。据称，这是一幢非常坚固的大楼，是"中心的中心"。

我看到有铁轨通向这幢白色的组装大楼。火箭以及航天飞机的部件通过铁轨运到这里，经过装配之后由履带式拖车拖到发射架。

大巴士驶过总装大楼，前面便是几座高高的发射架。发射架矗立在发射台上。有斜坡通向发射台，这是为了便于履带式拖车拖着火箭以及航天飞机上台。发射台上有着巨大的起重机以及龙门吊车，用来起吊火箭以及航天飞机上发射架。

发射架不远处，有很大的白色圆形钢罐，那是用来储存液态氢的。液态氢是宇宙火箭的燃料。在火箭发射前夕，注入液态氢。

我注意到其中一个发射架顶，露出白色的尖尖的圆柱，那是火箭的整流罩，表明火箭已经吊装在发射架上。果真在几天之后，我读到美国成功发射卫星的新闻。

肯尼迪航天中心是一个新闻不断的地方。美联社、路透社、CNN等主

肯尼迪航天中心火箭

佛罗里达肯尼迪航天中心发射架

要媒体在这里的新闻中心有常驻记者。一旦肯尼迪航天中心要进行发射，摄影记者便用长焦镜头拍摄发射瞬间的壮丽画面，把新闻传遍全世界。

对于肯尼迪航天中心来说，1961年1月20日约翰·F·肯尼迪当选美国总统之后，进入大发展、大建设时期。肯尼迪高度重视发展美国航天事业，并决心在"太空竞赛"上超越苏联。那时候梅里特岛紧锣密鼓扩建航天中心，以冯·布劳恩为首的诸多航天精英聚集在这个小岛。

1961年5月25日，肯尼迪总统在国会提出著名的"阿波罗"登月计划，即在十年内把美国人送上月球并安全返回。

1962年9月12日，肯尼迪总统在美国休斯敦的赖斯大学发表了著名的关于航天事业的演讲《我们选择登月》。肯尼迪强调，要使美国"成为世界领先的航天国家"，亦即在太空竞赛中超越苏联：

> 我们的前辈让这个国家掀起了工业革命的第一波浪潮、现代发明的第一波浪潮、核动力的第一波浪潮。而我们这一代并不希望在即将到来的太空时代的浪潮中倒下。我们要参与其中——我们要领导潮流。为了全世界注视太空、月球和其他行星的人们，我们发誓我们不会看到太空代表敌意的旗帜，而应该是代表自由与和平的旗帜。我们发誓我们不会看到太空充满了大规模杀伤性武器，而应该是充满获取

肯尼迪航天中心液氢（火箭燃料）储存罐

知识的工具。

然而，我国的承诺只有在我国领先——因为我们想要领先——的情况下才能得以履行。简而言之，我们在科学和工业上的领导地位，我们对于和平和安全的渴望，我们对于自身和他人的责任，所有这一切要求我们做出努力，为了全人类的利益解决这些谜团，成为世界领先的航天国家。

肯尼迪在演说中又一次强调要以十年时间完成登月计划：

我们决定登月（掌声），我们决定在这个十年间登月，并且做其他的事（掌声），不是因为它们简单，而是因为它们困难，因为这个目标将有益于组织和分配我们的优势能力和技能，因为这个挑战是我们乐于接受的，因为这个挑战是我们不愿推迟的，因为这个挑战是我们打算赢得的，其他的挑战也是一样。

正是因为这些理由，我把去年关于提升航天计划的决定作为我在本届总统任期内最重要的决定之一。

就在年轻的总统雄心勃勃要实现登月计划时，1963年11月22日他不幸在达拉斯遇刺身亡。但是他制订的登月计划照样在进行，美国的航天事业得到飞跃发展。

为了纪念肯尼迪对于推动美国航天事业发展的巨大贡献，他的遗孀杰奎琳·肯尼迪向继任总统林登·约翰逊建议，把航天中心命名为肯尼迪航天中心。约翰逊总统欣然接受了肯尼迪遗孀的建议，不仅把航天中心命名为肯尼迪航天中心，而且把卡纳维拉尔角改名为肯尼迪角。美国国家地理名称委员会的批准了这一更名。

于是，从1963年到1973年，在这10年之中，卡纳维拉尔角被称肯尼迪角。

然而佛罗里达州很多人反对这一更名，尤其是卡纳维拉尔城的居民们反对更名。他们认为，卡纳维拉尔角这一名字已经有着400多年的历史，不应更改。在1973年，佛罗里达州议会通过决议，仍沿用卡纳维拉尔角这一历史悠久的名字。肯尼迪遗孀也表示尊重佛罗里达州议会通过的决议。她说，如果在1963年知道卡纳维拉尔角是有着400多年历史的名字，她当时就会建议约翰逊不予更改。

这样，从1973年起，卡纳维拉尔角恢复原名，而航天中心仍然命名为肯尼迪航天中心。

大门上方圆形牌子，"APOLLO SATURN V CENTER"，意即阿波罗土星5号中心

从这里出发到月球

　　游览了肯尼迪航天中心的控制中心、总装中心和发射台之后，大巴士在一幢大楼前停下来。游客们在此下车，开始新的参观。

　　大楼的红色大门上方，是一个圆形的标志。标志上斜画着一枚正在喷火的火箭，写着"APOLLO SATURN V CENTER"，意即"阿波罗/土星5号中心"。

　　"阿波罗"，是指肯尼迪总统制订的著名的阿波罗登月计划；

　　"土星5号"，是指把宇航员送上月球的推力强大的土星5号火箭。

　　"阿波罗/土星5号中心"，就是展示美国宇航员登上月球的专题馆。

　　1961年5月25日美国总统肯尼迪向国会提出著名的阿波罗登月计划，即

肯尼迪航天中心展出阿波罗登月回收舱

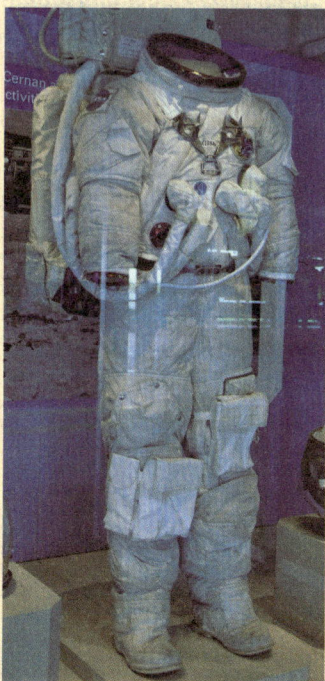

美国的宇航服

在十年内把美国人送上月球并安全返回。美国国家航空航天局根据总统的命令，组织了40多万人、耗费250多亿美元进行阿波罗登月工程。美国进行多学科、大规模联合攻关：参加这个计划的主要公司，达2万家；参加工作的大学有120来所；宇宙工业、电子工业的科学家、工程师达43 000多人；这项规模空前的计划，可以说是人类历史上规模最大的科学工程。

美国用土星5号火箭一连发射十艘"阿波罗"飞船。1969年7月16日，美国发射的"阿波罗11号"飞船载着3名宇航员，终于登上了月球，震撼了全世界。"阿波罗"登月成功，为美国在世界航天史上争得一个重量级的"第一"。

进入大门之后，步入放映厅。我观看着阿波罗登月的纪录片，仿佛回到了冷战岁

箭头旁写着"To the Moon"，即由此到月球

月，一个个历史性的镜头重现在银幕上：

银幕上飘扬着久违了的苏联国旗，那个熟悉的光亮的圆脑袋——苏共中央第一书记赫鲁晓夫，在趾高气扬地发表演说；

年轻气盛的美国总统肯尼迪也在万众欢呼中发表演说，宣布阿波罗登月计划；

土星5号火箭喷射着烈焰，从肯尼迪航天中心发射场起飞；

美国3位宇航员登上月球；

寂静的月亮上，出现第一个人类的脚印；

美国举国欢腾；

……

对于我来说，当年曾经在中国第七机械工业部反反复复看过阿波罗登月纪录片，如今又重温这段难忘的历史。

在银幕上，除了反复出现肯尼迪与赫鲁晓夫这两位冷战主角的镜头之外，我关注一个熟悉的身影——冯·布劳恩。冯·布劳恩当年是德国的"火箭之父"。自从1945年被美国俘虏之后，冯·布劳恩于1955年加入美国国籍，"转换"角色，为美国效力。他担任肯尼迪总统的空间事务科学顾问，成为阿波罗登月工程的"主帅"。他被推崇为"现代航天之父"。

看完电影，来到阿波罗登月当时所用的中心控制室。在蓝色的灯光下，似乎有点神秘感，但是规模远不如今日中国酒泉发射中心的控制室——毕竟相差了将近半个世纪。

当我走进土星5号火箭的高大的展示厅，首先看到地面一个圆形的标志，上面是一个脚印，一个箭头，写着"To the Moon"，即由此到月球。

这个脚印，就是美国"阿波罗11号"宇航员阿姆斯特朗从登月舱下到月球，在月球上留下的第一个脚印。那是格林尼治时间1969年7月16日4:07，这是一个历史性的时刻。阿姆斯特朗激动地说："这对一个人来说，只不过是小小的一步，可是对人类来讲，却是巨大的一步。"

我往前走，被眼前的"巨人"——土星5号火箭（是实物，不是模型）所震撼。

土星5号是阿波罗飞船的运载火箭，是在冯·布劳恩领导下设计的，是这位火箭专家一辈子设计的无数火箭中最大的，可谓"火箭之王"。这是因为把宇航飞船送往遥远的月球，火箭必须具备强大的推力。

这"火箭之王"横躺在展示厅里，长达110.6米。不难想象，如此高大的"火箭之王"，当年矗立在肯尼迪航天中心的发射台上，是何等的威风。

美国月球号探测器

美国的月球车

仔细观看土星5号火箭F-1发动机

土星5号是阿波罗登月计划成功的关键。迄今为止，土星5号火箭仍是人类历史上使用过的最高、最重、运载能力最强的运载火箭。土星5号火箭起飞重量为3 038吨，总推力达3 400吨，可以把127吨的有效载重送上近地轨道。从1967年至1973年，美国发射了13枚土星5号火箭，每一次都发射成功。

土星5号是三级火箭，由S-1C第一级、S-2第二级、S-4B第三级以及仪器舱和有效载荷组成。

我饶有兴味地逐级参观，第一级长42米，直径达10米，尾段底部的直径达13米。我看到尾部装有5台F-1发动机，拍了多张照片。记得，我在担任《载人航天》电影导演时，钱学森审看影片，见到我国火箭发射时出现尾部发动机的镜头，他立即对我说："把火箭发动机近景镜头剪掉，改用大全景。"钱学森说，火箭尾部发动机属于保密范围。改用大全景，只看到一个圆筒子往上飞，哪个国家的火箭发射都是如此，就没有保密问题了。大约是时过境迁，所以美国土星5号火箭把尾部发动机清晰地呈现在观众面前。土星5号第一级采用液氧和煤油作为推进剂。

我沿着土星5号火箭，从尾走到头。我看到土星5号火箭第二级长25米，直径10米，采用液氧液氢为推进剂。第三级长18.8米，直径6.6米，也采用液氧液氢为推进剂。

我走到尽头，看到登月舱、月球车。

我仔细观赏了美国宇航员从月球上带回的石头。那块月球石黑色，非常坚硬，只有小学生的橡皮擦那么大。这块月球石比金刚石还贵。这倒不是因为月球石本身贵重，而是因为阿波罗登月计划花费了250多亿美元，按照如此高昂的成本折算，从月球上运回的月球石，其价值相当于金刚石的35倍！据说，美国曾打算用一块月球石，换一个中国的兵马俑，遭到了中国的拒绝。因为在中国人看来，随着中国宇宙飞船的上天，中国宇航员拿到月球石只是个时间问题，而兵马俑无法再"增生"，是稀世的国宝，当然不能交换。

也真巧，结束了佛罗里达、加勒比海之行，我回到旧金山，前往停泊在旧金山东湾阿拉米达港的"黄蜂号"航空母舰游览，仿佛成了参观阿波罗登月的续篇——

1969年7月24日，"阿波罗11号"飞船载着3名美国宇航员返回地球，预定溅落在太平洋。为了及时捞救落入太平洋中的宇航员，美国派出了9艘军舰、54架飞机和7 000多名官兵前往太平洋。其中的旗舰就是"黄蜂号"航空母舰。美国总统尼克松坐镇"黄蜂号"航空母舰，指挥这一举世瞩目的重大行动。众多新闻记者，也蜂拥在"黄蜂号"航空母舰。

当天中午12:41，尼克松总统在"黄蜂号"航空母舰上看到了"阿波罗11号"返回舱划过碧空，溅落在太平洋碧波之中。欢迎的人群，站满了"黄蜂号"航空母舰的甲板。人们以急切的目光，等待着太空英雄的归来。

14分钟之后，"阿波罗11号"返回舱被直升机从海中吊起，3名宇航员被抬到在"黄蜂号"航空母舰上，受到英雄般的欢迎。

尼克松总统在"黄蜂号"航空母舰上亲自主持欢迎典礼，发表热情洋溢的演说。这一天，成为"黄蜂号"航空母舰历史上最辉煌的一页。

在"黄蜂号"航空母舰飞机仓库的一角，我见到陈列着"阿波罗11号"宇航员溅落时所乘坐的返回舱实物。

航天飞机的辉煌与退场

走出"阿波罗/土星5号中心",我朝航天飞机展览馆走去。

在华盛顿美国国家航空航天博物馆,我曾仔细参观了美国的航天飞机。由于航天飞机过于庞大,所以那里展出的只是模型。这一回,能够在肯尼迪航天中心目睹航天飞机的真容,实乃一大幸事。

我来到肯尼迪航天中心的标志性模型——两支白色、高大的火箭,夹持着一个橙色的长圆筒。直到这时,我才弄明白,那橙色的长圆筒是航天飞机外燃料箱。航天飞机发射时,这外燃料箱就挂在航天飞机的腹下,一起升上太空。这一模型,其实就是航天飞机展览馆的标志。

在模型前,竖立着一排橙色的大字:"tlantis"。

我不解何意。

"ATLANTIS",亚特兰蒂斯!美国一架航天飞机的名字

参观亚特兰蒂斯号航天飞机

细细一看，在这排字的前方，还有一个航天飞机图案，看上去像个"A"字。

哦，"ATLANTIS"，亚特兰蒂斯！美国一架航天飞机的名字。这里所展示的，就是"亚特兰蒂斯号"航天飞机。

走进展览馆，我看到了大名鼎鼎的"亚特兰蒂斯号"航天飞机——是实物，不是模型。"亚特兰蒂斯号"黑色机头，白色机身，三角形后掠翼，为了便于观众参观，整个机舱敞开。尾部装有火箭推进器。大约是往返于地球与太空之间多次，机身上有许多"伤疤"，而这些"伤疤"似乎也就是挂在"亚特兰蒂斯号"胸前的功勋章。

"亚特兰蒂斯号"航天飞机全长56.14米，高23.34米，看上去像一架大型客机，但是没有普通大型客机那么精巧，而是显得有点"笨拙"。除了在莫斯科河畔曾经远远看到"趴卧"在那里的苏联时代的航天飞机"暴风雪号"之外，这是我第一次得以细细参观航天飞机。

航天飞机可以运送宇航员和货物到太空中的空间站，也可以在太空中飞行一个来月。

我看到"亚特兰蒂斯号"航天飞机的前舱是宇航员的座舱，分为上、中、下3层，内中有飞行控制室、卧室、卫生间、厨房、健身房、贮物室等。

"亚特兰蒂斯号"航天飞机的中段是货舱，可以装载人造地球卫星和各种货物、仪器。尾部除了垂直尾翼之外，有3台主发动机和2台轨道机动

亚特兰蒂斯号航天飞机展览馆

发动机。

　　不论是苏联还是美国，最初宇航员飞上太空，都是乘坐宇宙飞船。苏联第一位宇航员加加林，乘坐的是"东方－1号"宇宙飞船，而美国第一位宇航员格伦乘坐的是"水星号"宇宙飞船。

　　后来，苏联研制成功"联盟号"系列宇宙飞船，而美国则研制成功"阿波罗号"系列飞船。

　　首创航天飞机的是美国。

　　从1964年开始，美国着手研制新一代"天地往返运输系统"，即航天飞机。航天飞机也是在冯·布劳恩主持下研制的。经过多年"磨剑"，终于在1981年4月21日成功发射并返回世界上首架航天飞机"哥伦比亚号"，美国在人类航天史上又创造了一个"世界第一"。

　　美国研制航天飞机，是考虑到宇宙飞船乃一次性的载人航天工具，成本很高，而航天飞机可以多次重复使用，大大降低了载人航天的成本。这样，宇航员可以像乘飞机那样上太空，又可以像乘飞机那样从太空返回地球。

　　苏联从1967年开始研制航天飞机，"暴风雪"号航天飞机于1988年11月首飞成功。

　　通常人们把那飞机形状的航天器称为航天飞机，其实航天飞机由三个

亚特兰蒂斯号发动机

航天飞机亚特兰蒂斯号

部分组成：

一是乘载机组成员的轨道器，亦即飞机形状的航天器；

二是两个固体燃料火箭助推器，亦即航天飞机展览馆前矗立的那两支白色的火箭，长45米，直径约3.6米；

三是为轨道器的主发动机提供燃油的大型外燃料箱，亦即航天飞机展览馆前两支白色的火箭所"挟持"的橙色圆柱形油箱。大型外燃料箱长46.2米，直径8.25米，能装700多吨液氢、液氧推进剂。

航天飞机起飞，不像阿波罗登月的飞船是用强大的土星5号火箭推进，而是借助于两个固体燃料火箭助推器（白色火箭）和轨道器的推进器。两个固体燃料火箭助推器只在最初两分钟里为航天飞机提供80%的升力。在两个固体燃料火箭助推器耗尽燃料、分离之后，航天飞机（轨道器）便依靠大型外燃料箱提供的燃料继续飞行，直到进入预定轨道，把大型外燃料箱抛离。然后航天飞机变动轨道，与在太空中的空间站相对接，把宇航员以及给养物送入空间站，或者把轮换的宇航员接回地球。

除了外燃料箱会在大气层中烧毁之外，航天飞机（轨道器）可以反复使用，而在脱离之后落入大西洋的两个固体燃料火箭助推器也可以继续使用，这样就大大节省了成本。

在"哥伦比亚号"航天飞机发射成功之后，美国又相继发射了"挑战者号"（1982年）、"发现号"（1984年）、"亚特兰蒂斯号"（1985年）、"奋进号"航天飞机(1991年)。一架又一架航天飞机穿梭于地球与太空之间，被人们称为"太空穿梭机"。

苏联与美国"竞赛"，也先后试制了5架航天飞机，但是飞入太空的航天飞机只有一架，即"暴风雪号"，而且只飞了一个架次。随着苏联的解体，"暴风雪号"就永远"趴卧"在莫斯科河畔。

一般情况下，航天飞机每次飞行后，经过两至四周的检修，就又可以重新发射升空，可以反复使用100个架次，其作用相当于发射100艘飞船。正因为这样，航天飞机的出现，大大节省了载人航天的成本。

美国的航天飞机，不断地穿梭于地球与太空之间，使美国在太空竞争中占了很大的优势。

1986年1月28日，对于美国人来说，是悲剧的日子。那天肯尼迪航天中心万里晴空，众多电视台在那里现场直播。

"挑战者号"航天飞机在肯尼迪航天中心顺利升空。在第72秒时，"挑战者号"已经爬升到高度16 600米，突然闪出一团亮光，外挂燃料箱凌空爆炸，把航天飞机炸得粉碎，7位宇航员当即全部遇难，成为人类航天史上的一次大灾难。"挑战者号"是美国研制的第二架航天飞机。这次是"挑战者号"的第10次飞行。

"挑战者号"的空难，并没有动摇人们对于航天飞机的信心。从1981年到2003年，美国"哥伦比亚号"、"发现号"、"亚特兰蒂斯号"和"奋进号"这四架航天飞机安全地将超过1 360吨的仪器设备和物资运上太空，运载宇航员超过600人次。

然而，在2003年2月1日，已经安全飞行了22年的美国第一架航天飞机"哥伦比亚号"在作第28航次飞行时，在返回地球途中，距离预计着陆时间只有15分钟时，突然在美国德克萨斯州上空61 000米处解体，化作成千上万块碎片，飞机上7名宇航员全部遇难，成为世界载人航天史上第二次巨大的灾难！

两次重大的失误，两架航天飞机的坠落，14名宇航员的牺牲，使航天飞机饱受质疑。

美国国家航空航天局终于在2010年初决定，逐步停止使用航天飞机。于是一架架航天飞机开始"退休"。美国国家航空航天局为这些航天飞机安排了不同的"退休"之处，以供人们"瞻仰"。

"发现号"自从1984年服役以来，总共在太空中逗留了365天，总飞行里程近2.3亿公里，相当于往返月球288次。"发现号"在"退休"之后，被运到弗吉尼亚州的史蒂芬乌德瓦哈兹中心作为展览品。

"奋进号"被分配到洛杉矶的加州科学中心。

2011年7月8日，"亚特兰蒂斯号"航天飞机从肯尼迪航天中心升空，作最后一次飞行。2011年7月21日"亚特兰蒂斯号"航天飞机降落在肯尼迪航天中心，从此永远"横卧"在地球之上。正因为这样，我得以在肯尼迪航天中心细细参观"亚特兰蒂斯号"航天飞机。

还有一架从未上过太空的航天飞机原型机"勇往号"，被安置在曼哈顿展览。

从此，航天飞机谢幕，画上了句号。

值得提及的是，在1986年那个岁月，正是世界航天飞机的黄金时代，美国放弃了飞船的研发，而着重发展航天飞机。日本提出了要研制"希望号"航天飞机，欧洲也着手研制航天飞机……在世界上航天飞机热潮的推动下，在中国主张走航天飞机之路的呼声甚高。当时在六种方案之中，五种方案主张发展航天飞机，只有一种方案主张走飞船之路。

在中国，不论是对于宇宙飞船还是航天飞机，最了解的人莫过于钱学森。钱学森以为，中国还是一个发展中国家，中国的载人航天应走飞船之路。飞船是一种经济、技术难度都不很大的运输器，而且中国已经熟练掌握返回式卫星的回收技术，可用于飞船的回收，所以研制飞船符合中国的国情。

1992年9月21日，中共中央政治局十三届常委会第195次会议讨论同意了中央专委《关于开展我国载人飞船工程研制的请示》，正式批准实施我国载人航天工程。如同钱学森所言，这是"国家最高决策"。从此中国的载人航天走飞船之路，成为"国家最高决策"。从1992年底开始，中国的载人飞船工程投入正式研制。这是国家级的科学工程，与"神威"高性能计算机、"神光"高能激光等并列，以"神"字开头，命名为"神舟"载人飞船工程。

后来美国废弃航天飞机，证明了钱学森等中国航天专家的预见。倘若当时中国跟着美国之后研制航天飞机，在花费了大量的财力、人力之后，刚刚研制成功，就要走上"告别"航天飞机之路。

在肯尼迪航天中心，我还见到与"亚特兰蒂斯号"航天飞机同样大小的模型。这架"仿真"的"亚特兰蒂斯号"航天飞机模型，重现了"亚特兰蒂斯号"当年的英姿。我理所当然地站到跟前，与它合影。

在肯尼迪航天中心目不暇接，作为"航天迷"的我，参观了一个又一个展览馆。虽然昨夜只睡了3个多小时，我依旧被种种航天器所深深吸引。我看到众多的美国中小学生也在那里不断拍照，倾听讲解，参与各种互动游戏，看得出他们对于航天科学也充满兴趣。

直到黄昏时分，我才恋恋不舍地离开了肯尼迪航天中心。

我们在海边一家餐馆晚餐。晚餐之后，暴风雨来临。风大雨大，几乎看不见路。这时由儿媳驾车，透过挡风玻璃上狂泻而下的雨水，只能依稀看见高速公路路面上借助于汽车车灯反光的路标，艰难地前进。这是我第一次领略佛罗里达暴风雨的厉害。据说佛罗里达盛夏的飓风，更加风狂雨猛。

在高速公路上急驶了3小时，终于进入劳德代尔堡市区。这时，车子走出雨区，总算喘了一口气。谁知没一会儿，暴风雨又尾随而至。到达美国长住宾馆时，大雨如注。下车时，才几步路，撑着伞，也被大雨淋得水湿。

走进美国长住宾馆的客房时一看手表，已经是晚上10点了。

世界最美的跨海高速路

向南，向南，一路向南。

从劳德代尔堡前往Key West，跟前往肯尼迪航天中心的方向正好相反，一个在劳德代尔堡之南，一个在劳德代尔堡之北。

Key West，通常意译为西礁岛，也有译为西屿，还有人音译为基韦斯特、奇威斯特岛或者凯威斯特岛。

其实，Key的英文原意是钥匙，West则是西。有人干脆直译为"西钥匙岛"。我所感兴趣的是，这个小岛怎么会叫"Key"。关于"Key"，有3种不同的说法：

一，这个小岛的形状像钥匙，所以叫"Key"；

二，这个小岛与许多小岛组成佛罗里达海峡群岛，这个群岛的形状像钥匙。正因为这样，这个群岛中许多小岛的名字中都带有"Key"。西礁岛处于佛罗里达海峡群岛的最西端；

三，这个小岛是西班牙探险家胡安·庞塞·德莱昂在1513年发现的。小岛是热带珊瑚岛，而珊瑚的西班牙语发音近似"Key"。也正因为这样，佛罗里达海峡群岛中许多小岛的名字中带有"Key"，因为也都是热带珊瑚岛。

在我看来，西礁岛最确切的称谓是"天涯海岛"。也有的中国人按照中国的眼光，称之为"美国的天涯海角"。

西礁岛是一颗夺目的明珠。在佛罗里达半岛的南端，在大西洋和墨西哥湾交汇处，那里散落着一连串的小岛，其中最南、最远的一个岛，就是西礁岛。把西礁岛称之为"天涯"，因为这里是美国本土的最南端（除夏威夷之外）。

西礁岛风光诱人，有着浓郁的西班牙风情。正因为这样，凡是到佛罗里达的游客，几乎必游西礁岛。

我们驾车前往西礁岛那天，早起掀开窗帘，见到朝霞满天，以为是好天。不料早餐之后，风云突变，下起了暴雨。幸亏天气预报称，佛罗里达南部由有雨转多云再转晴天。

一路南下，过了迈阿密之后，天气果真逐渐好转。先是在一片乌云中露出一个蓝色的"天眼"，接着蓝色在天空不断扩大，终于变成蓝天白云。

从劳德代尔堡向南前往西礁岛，跟向北前往肯尼迪航天中心，距离差不多，但是往西礁岛更加费时。这条高速公路便是US-1号公路，亦即美国1号公路。从劳德代尔堡到西礁岛将近300公里，人称"世界最美的跨海高速路"。路面起初很宽，双向道，后来却越来越窄，变成单向道，从"国道"变成"省道"甚至变成"市道"，还要经过一座又一座桥梁，路过一个又一个小岛。

虽说南进比北行费时，但是一路景色美不胜收，使我忘记了时间。越往南，热带的气息越浓。成排的椰子树、棕榈树从车窗前闪过，鲜黄、粉红、浅绿、湖蓝的房子构成一道色彩艳丽的风景线。巨大的龙虾雕塑，硕大的美人鱼广告牌，海鲜商店墙上成群的海鱼画像，仿佛使这里的空气中都洋溢着一股鱼腥味。

车子从佛罗里达半岛，进入佛罗里达群岛。

佛罗里达群岛是一连串的小岛。佛罗里达群岛最北面的小岛，叫做Key Biscanne，音译为必士京岛。Biscayne这名字，据查证源自印第安语Bischiyano，意思是"月亮初升之地"。

从必士京岛到最西南的西礁岛，一个个岛屿间建成一座座桥梁，海岛成通途，美国1号公路贯穿其中。

车子进入佛罗里达海峡群岛的必士京岛之后，我看到路旁出现了清澈的大海——大西洋。这时，我的脑海中忽地"蹦"出唐朝诗人白居易的《忆江南》："日出江花红似火，春来江水绿如蓝。"眼前的海水正是"绿如蓝"，绿中带蓝，蓝中带绿。此刻纽约风雪弥漫，而我却如沐春风。

1号公路从必士京岛开始，进入最动人的"华彩乐章"——100英里长的"跨海大桥"。这"跨海大桥"由32个岛屿、42座桥组成。一路向西南，直抵终点西礁岛。这100英里长的"跨海大桥"，被称为"世界第八大奇观"。

渐渐的，路面越来越低，越来越接近海平面。路的两边都是"绿如蓝"的海，我们的商务旅行车宛如在海面上前进，我好像不是在乘车，而是在坐船。抬头望前路，一条笔直的白色的公路在碧海中伸向远方。此情

眼前的海水正是"绿如蓝"，绿中带蓝，蓝中带绿

此景，人在画中，画在海中，充满诗意。美酒醉人，美景亦醉人。

然而在飓风袭来的时候，则完全是另一番景象：风急浪高，卷起海水扑上路面，那时候分不清哪里是路，哪里是海。

车子驶过马拉松市（Marathon）的骑士岛（Knight Key），来到42座桥梁中最长也是最美的一座桥。这座长达7英里（精确的长度是6.79英里，相当于10.93公里），因此就叫做七英里大桥（Seven Mile Bridge）或者七哩桥。七英里大桥的另一端是低群岛（Lower Keys）中的小鸭岛（Little Duck Key）。

七英里大桥又长又平直，成为海上通途。在大桥之侧，我看到另一座与之平行的大桥。那是一座锈迹斑斑的旧桥，桥上不见一辆车。这两座大桥，都叫七英里大桥，如今行车的是七英里大桥新桥，而旁边这座则是七英里大桥旧桥。

七英里大桥旧桥于1909年开始建设，1912年建成。当时正在建设佛罗里达州东海岸铁路，架起了这座铁路桥，所以这座大桥又叫七英里铁路大桥。在当时，是一项巨大的工程。七英里铁路大桥建成之后，美国人曾经引为为豪。然而佛罗里达的飓风却每每与之作对。虽说七英里铁路大桥在设计时就已经把抵御飓风考虑在内，然而1935年5月1日超级飓风袭来时，还是把这座钢铁桥梁拦腰斩断。由于这天正是劳动节，所以那个超级飓风被称为"Labor Day"飓风，即劳动节飓风。这场劳动节飓风风力巨大，是仅有的三次曾经袭击美国的5级飓风之一。劳动节飓风在佛罗里达海峡掀起5.5至6米的巨浪，猛烈冲击七英里铁路大桥，竟然把一列派去救援、撤离当地居民的火车卷到大海之中，造成408人遇难！

人们在挥泪送别逝者之后，重新修复了七英里铁路大桥。

尽管佛罗里达年年有飓风，七英里铁路大桥还是平安地度过了25年。然而在1960年，又一个超级飓风"唐娜"（Donna）横扫佛罗里达，造成50人死亡，经济损失达280亿美元。唐娜飓风猛烈冲击七英里铁路大桥，使大桥又一次断掉。

又一次大规模修理七英里铁路大桥。不过这座大桥已经伤痕累累，不堪重负。佛罗里达州不得不计划修建新桥。新桥从1979年开始建造，到1982年建成，是一座连续预制箱梁桥。这座大桥在1982年竣工时，是当时世界上最长的桥。新桥与旧桥平行。新桥是跨海高速公路大桥，我们的车就是行进在这座七英里大桥新桥上。

废弃了的七英里铁路大桥，成了钓鱼者们的栈桥。当然，这未免大材小用，委屈了这座"退休"了的旧桥。好莱坞电影导演们看中了这座断桥，把这里当作诸多故事影片发生的场景。最著名的要算是施瓦辛格主演

63

七英里大桥与新桥

的好莱坞大片《真实的谎言》，影片中导弹击中大桥的外景，便是在七英里大桥旧桥上拍摄的。此外，007系列的《杀人执照》、《玩命关头2——飙风再起》以及《舍不得你》，也都在七英里大桥旧桥上拍摄许多场景。

随着这些大片风靡世界，七英里大桥旧桥——断桥也声名鹊起。很多人吃了鸡蛋，总想看看生下这些蛋的鸡。于是满身铁锈的七英里大桥旧桥，居然成了一个名闻遐迩的景点。当地也就顺着潮流而动，设立了"断桥公园"，供游人参观断桥——每人收门票4.5美元。出于"从众心理"，我们的车驶过新桥，又掉头回去，来到"断桥公园"。

"断桥公园"倒是值得一游。那里有着半月形的沙滩，面前是湛蓝的佛罗里达海峡。难得的是，新旧大桥同时展现在眼前：左面是雪白的七英里大桥新桥，横卧清波，

七英里大桥断桥处

而右边则是黄锈满身的七英里大桥旧桥，断开处就在离沙滩不远的地方。

我注意到沙滩上的几棵椰子树，每一棵都东歪西倒，树干弯弯曲曲。跟通常亭亭玉立的椰子树相比，呈现出一种"弯曲美"。这些东歪西倒的椰子树，显然在成长过程中不断受到飓风的肆虐和摧残，仿佛跟断桥一样，是佛罗里达飓风的见证。

走过一片小树林，上了斜坡，上了断桥，可以一直走到断桥之处。立于水泥墩上的钢梁，看上去够粗的。能够把这样的钢梁摧毁，足见飓风之威力何等强大。

如今，七英里大桥新桥上，车水马龙，成为佛罗里达半岛与西礁岛之间唯一的陆地通道。不过，每年的4月，七英里大桥新桥都要中断交通数小时，为的是举行"七英里大桥长跑比赛"。这项比赛，原本是1982年为庆贺七英里大桥新桥通车而举行的"募捐长跑"，后来年复一年坚持举行。2013年4月5日，第31届"七英里大桥长跑比赛"举行时，1 500多名选手参加，密集的人流缓缓流过这七英里大桥，非常壮观。

西礁岛上如今设有机场。从劳德代尔堡、迈阿密可以乘坐飞机抵达西礁岛。然而绝大多数游客选择了乘坐汽车到西礁岛，因为这"世界最美的跨海高速路"、这七英里大桥，太迷人了，只有乘坐汽车才能细细欣赏。

天涯海岛

从劳德代尔堡一路南行，然后沿着"世界最美的跨海高速路"西行，经过5小时的行车，终于来到天涯海岛——西礁岛。

不像沿途所见那些颜色鲜艳的房屋，西礁岛上的房子十有八九是纯白色的。其中以两层居多。西礁岛的房子不论底层还是二楼，往往有一圈白色、宽敞的回廊。也有的不是首尾相接、绕屋一圈的回廊，而是长廊或者大阳台。即便是平房，也有长廊。房屋精致典雅，前后常常有草坪、花园。这是西班牙的建筑风格。因为西礁岛不仅最初是西班牙人发现的，而且曾经是西班牙人的殖民地，烙上了西班牙人的印记。这里大部分建筑，都拥有百年历史。由于每年都重新刷上白漆，所以看上去很新，也很整洁。

西礁岛上公共汽车

　　西礁岛房前屋后，街道两侧，高大的棕榈树处处迎风挺立。所以白（房屋）、绿（棕榈树）、蓝（大海）、黄（沙滩），成了西礁岛的四种基本色。

　　西礁岛是一个小岛，面积19.2平方公里，居民不足3万，而每年的游客超过1万。

　　西礁岛的交通，可谓"陆海空立体化"：

　　陆——这么多游客，大都是乘坐长途公共汽车或者旅游巴士来的，或者像我们这样"自驾游"；

　　海——也有很多游客是乘坐游轮来的。西礁岛建有现代化的码头，足以停泊多艘大型豪华游轮。环游加勒比海的游轮，大都要在这里停靠。一艘游轮载客两三千人，游客们下船之后，西礁岛大街小巷一下子就变得人声鼎沸；

　　空——还有的乘坐飞机来此。西礁岛国际机场始建于1957年，位于西礁岛中心商业区东部约3公里，成为连接西礁岛与外界最便捷的空中走廊。

　　至于到了西礁岛，游览的方式也因人而异。在西礁岛街头，我看到公共汽车、敞篷观光大巴、小火车式的观光车、轿车，这里的出租车大的可以容纳7人，而迷你型的出租车则只能坐一位客人。西礁岛不大，最适合的交通工具其实是自行车，岛上有专供出租的自行车，奇特的是自行车的把手往往呈"U"型，两端高高翘起。我们一家则选择了步行，把那辆商务旅行车寄存在西礁岛规模颇大的车库里。也有的游客把汽车停在西礁岛小

西礁岛的房子不论底层还是二楼，往往有一圈白色宽敞的回廊

巷里，把那些并不宽敞的小巷塞得满满当当。

西礁岛上餐厅、酒吧、咖啡厅比比皆是，以海鲜餐馆居多。岛小客多，旅馆价格不菲，这在情理之中。

贯穿西礁岛的主干道，叫做白头街(Whitehead Street)，又音译为怀特黑德大街。我沿着白头街步行，这里古色古香，没有见到高楼大厦，也不见玻璃幕墙。西礁岛最高的建筑，是坐落在白头街中段的白色灯塔。沿着灯塔里88级螺旋状台阶走上去，可以一览无余西礁岛。夜里，灯塔发出的光芒，使15海里以内的海船都看得清清楚楚。

倘若考证这座灯塔的来历，便要牵涉出西礁岛的一段历史：原本西礁岛并无灯塔。一些不肖之徒看到这里来来往往的船挺多，就在西礁岛住了下来，故意在海上安放错误的灯标，导致船只触礁，他们乘机上船抢劫。如今在西礁岛的博物馆里，还可以看到1622年西班牙沉船上被抢夺的物品。为了根治这班"沉船抢掠者"，西礁岛在1848年修建了这座高大的灯塔。从此海船远远地就看清西礁岛在哪里，不再被那些错误的灯标所忽悠。

除了灯塔之外，西礁岛上占据"第二高度"的是一座白色的教堂，也坐落在白头街上，离灯塔不远。

白色的灯塔、白色的教堂，都醒目地矗立在白头街上。也就在白头街，在石头围墙以及黑色铁栅大门后面，在绿树包围之中，几幢雪白的别墅式建筑并不显山露水。如果没有石头围墙嵌着醒目的标牌"小白宫（Little White House）由此进"，谁也不知道这小岛之上居然也有一座白

宫。就在"小白宫"指示牌旁边，还有一个牌子上写着"欢迎光临杜鲁门私邸"。杜鲁门，美国第33任总统（1945年4月12日至1953年1月20日担任美国总统），可见那"小白宫"绝非空穴来风。

看到这样的指示牌，我当然也就跨进那敞开的黑色铁栅大门，入内参观"小白宫"。这里曲径通幽，别有洞天。当年处于严格的保密与保安之下，外人莫知内中秘密。

这"天涯海岛"之上，怎么会有"小白宫"呢？怎么会有"杜鲁门私邸"？

原来，"小白宫"的前身是西礁岛的海军官员宿舍，建于1890年。

杜鲁门小白宫建于1890年，原本是当地海军基地司令官邸。由于患病，在1946年11月，医生建议杜鲁门总统到气候温暖的地方休假。美国气候温暖的地方，首推佛罗里达。当时担任美国海军舰队司令的尼米兹便向杜鲁门建议，到佛罗里达最南端的西礁岛休假，并称西礁岛上的海军基地司令官邸很不错，既安全又舒适。

得到杜鲁门总统的允诺，西礁岛上的海军基地司令官邸进行了扩建，建成了"小白宫"。

杜鲁门总统来到这美国的"天涯海角"，果真非常喜欢。他一而再、再而三在冬日从华盛顿前来地处热带的西礁岛"小白宫"，居然在西礁岛度过了11个假期，总共175天。更准确地说，西礁岛"小白宫"实际上成了

关于西礁岛"小白宫"和杜鲁门住所的指示牌

贯穿西礁岛的主干道

西礁岛的游览车

杜鲁门总统的"冬宫"，亦即"冬日的白宫"。

1950年6月25日朝鲜战争爆发。冬日，尽管朝鲜战场吃紧，杜鲁门总统依然如期在人间仙境西礁岛度假。虽然这里远离冰天雪地、战火纷飞的朝鲜战场，杜鲁门总统却高度关注朝鲜战场上"麦帅"的一举一动。"麦帅"，美国陆军五星上将道格拉斯·麦克阿瑟，当时任驻日盟军最高统帅、远东美军总司令、朝鲜"联合国军"总司令。杜鲁门总统认为，麦克阿瑟刚愎自用，不服从他的政策和命令。正是在1950年冬日，杜鲁门总统在西礁岛慎重地考虑、部署问题。此后，1951年4月9日，杜鲁门总统在白宫宣布解除总司令麦克阿瑟职务的命令。杜鲁门在声明中说："我深感遗憾地宣布，陆军五星上将道格拉斯·麦克阿瑟已不能在他所担任的职务上全心全意地支持美国政府和联合国的政策。根据美国宪法赋予我的特殊职责和联合国赋予我的责任，我决定变更远东的指挥……"杜鲁门宣布，任命李奇微中将接替麦克阿瑟的职务。

"换帅"并不能挽回美军在朝鲜战场上的败局。1951年11月，杜鲁门在西礁岛"小白宫"召开美军参谋长联席会议，讨论如何应对朝鲜战场上的不利局面。1951年11月27日，朝鲜停战谈判双方代表团就确定军事分界线和建立非军事区问题达成协议。杜鲁门总统在西礁岛公开露面，就此举行记者招待会。从此，西礁岛上的"小白宫"广为人知。

除了杜鲁门总统曾经在西礁岛多次度假之外，罗斯福总统曾经在1939年视察过西礁岛的海军基地。

在杜鲁门总统之后，艾森豪威尔总统、卡特总统、克林顿总统都曾在西礁岛的"小白宫"休假。

曾是冷战的前沿

在西礁岛白头街的尽头，一个像圆桶那样的彩色水泥标志，矗立在海滨的一角。

穿着T恤、短裤的游客排起了长蛇队，为的是在"圆桶"前留影。这是在佛罗里达州南面的小岛——西礁岛，美国的天涯海角，"圆桶"上写着"美国最南端"。我注意到，水泥标志上方，还写着一行字："90 miles to CUBA"，意即距古巴90英里(145公里)。

我站在这与古巴隔海相望之处。据说，在天气晴朗的时候，用望远镜可以看到彼岸的古巴。乘轮船的话，几小时就能到达古巴。

古巴原本是西班牙的殖民地。1898年，美国战胜西班牙，占领了古巴。1902年5月20日，在美国的扶植下，"古巴共和国"成立。从此，古巴成了美国的卫星国。

1953年7月26日，27岁的哈瓦那大学法学博士菲德尔·卡斯特罗发动武装起义，企图推翻巴蒂斯塔独裁政权，失败后被捕。1955年，他流亡美国、墨西哥。1959年1月，卡斯特罗率领起义军推翻巴蒂斯塔独裁政权，成立革命政府，出任政府总理及武装部队总司令。

卡斯特罗在古巴建立了红色政权。古巴倒向以苏联为首的社会主义阵营。从此，古巴成了美国政府的眼中钉。1961年1月3日，美国与古巴断交。

古巴革命，使原本悠哉游哉的西礁岛发生了剧烈的变化：

一是从旅游胜地一下子变成了国防第一线，大批美国军队入驻西礁岛，到处是岗哨，使这里充满紧张的气氛；

二是成为古巴难民收容所。古巴的地主、资本家、右翼知识分子以及亲美人士，大批逃离古巴，从海上偷渡到离古巴最近的海岛——西礁岛。数以万计的古巴逃亡者涌入西礁岛，打破了这个人间天堂的平静。西礁岛当然容不下这么多古巴难民，于是古巴难民纷纷北上，进入迈阿密，进入劳德代尔堡，遍布佛罗里达。这样，西礁岛又成了古巴难民逃亡的桥头堡。

肯尼迪对红色古巴持坚决的敌视态度。他在竞选美国总统的时候，就多次在演说中宣称卡斯特罗是"最大危险的来源"，他决不允许一个"共

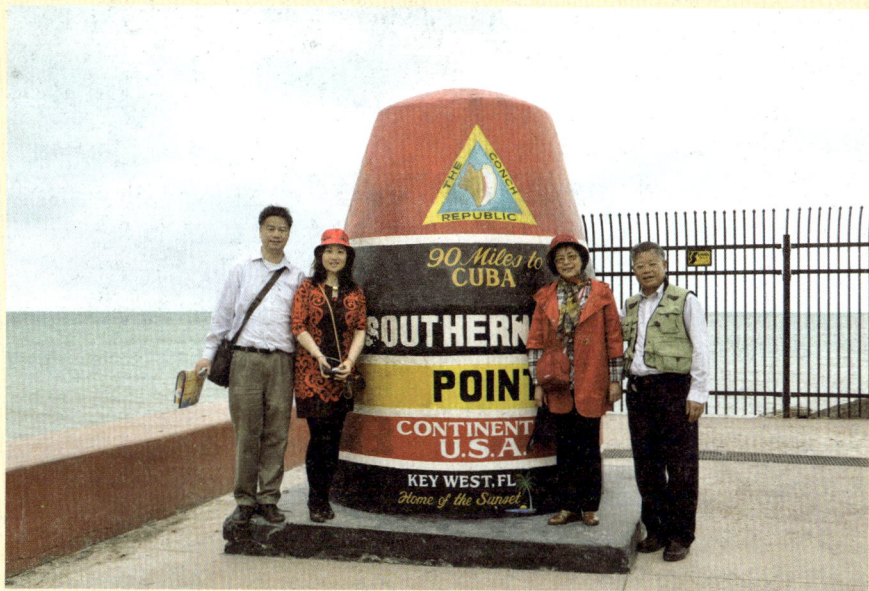

作者一家在美国最南端

产主义卫星国"出现在"我们的大门口",他要求对古巴发动"认真进行的攻势"。

肯尼迪在竞选中胜出,成为美国第35任总统。肯尼迪在1961年1月20日入主白宫。

上任不久,他就秘密来到西礁岛。他不是来休假,而是研究如何兑现竞选诺言,即对古巴发动"认真进行的攻势"。

肯尼迪到西礁岛,是为了在距离古巴最近的地方,摸清那个在"我们的大门口"的"共产主义卫星国"的底细。当然,他来到西礁岛还有另一个目的,因为西礁岛聚集着大批从红色古巴逃出来的流亡者,他要从这些流亡者那里了解古巴现状的第一手情况⋯⋯

肯尼迪到西礁岛的直接的原因,还在于他对古巴发动的第一次"认真进行的攻势"失败了,他要从中汲取教训。

作为民主党候选人,肯尼迪在竞选中尖锐地抨击在任的共和党总统艾森豪威尔的政策对古巴太"软弱"。当肯尼迪胜选之后,才从艾森豪威尔那里获知高度机密的"冥王星"计划:原来,艾森豪威尔对古巴并不"软弱",只是当时美国中央情报局策划的"冥王星"计划不便对外透露罢了。所谓"冥王星"计划,就是组织和训练了1 300多名古巴流亡者,伺机对古巴发动进攻,以推翻菲德尔·卡斯特罗的红色政权。另外,在古巴内部，还组织了2万名支持者作为内应。这个"冥王星"计划，在艾森豪威尔执政时期，早已经在秘密进行了。

肯尼迪在入主白宫还不到半个月——1961年2月3日，就下令中央情报局加紧执行艾森豪威尔时期的"冥王星"计划。这位年轻气盛的新总统说干就干，把推翻卡斯特罗的红色政权计划付诸实施。于是那1 300多名古巴流亡者在危地马拉秘密集合，选定古巴岛中部拉斯维利亚斯省人迹稀少的沼泽地猪湾（又称吉隆滩）作为登陆目标。

1961年4月12日，肯尼迪举行了记者招待会，故意释放"迷雾弹"，宣称"保证美国军队在任何情况下决不会插手推翻卡斯特罗政权，也不允许古巴流亡分子从美国出发对古巴发动进攻"。

就在肯尼迪发表这一讲话后的两天——4月14日，1 500名被美国中央情报局武装起来的古巴流亡者，分乘五艘小型货船，从尼加拉瓜出发，朝古巴进发。4月17日，他们按照计划在古巴猪湾登陆。谁知这支杂牌军不堪一击。在卡斯特罗和亲密战友切·格瓦拉领导下，富有战斗经验的古巴军队迎头痛击，结果这支杂牌军114人被击毙，1 189人被俘。

猪湾之败，给了初出茅庐而又雄心勃勃的肯尼迪以沉重一击，颜面尽失。于是，他秘密来到国防第一线西礁岛，研究如何扳回一局。

1962年是古巴历史上大风大浪的一年。

1962年5月，卡斯特罗宣布古巴走社会主义道路，成为以苏联为首的社会主义阵营中的一员。

苏联庆幸在美国鼻子底下有了那么一个同伴。于是赫鲁晓夫就悄然把大批导弹运到古巴。

1962年8月31日，美国从侦察机拍摄的空中照片上惊讶地发现，古巴开始安装苏联的防空导弹，并拍摄到正在运载地对地导弹驶向古巴的苏联船只。10月14日，美国的U-2侦察机发现，苏联在古巴建设了6个中近程地对地导弹基地。不言而喻，这些中近程地对地导弹的矛头，正对着美国。

美国的卧榻之侧，岂能容忍苏联在那里安装导弹？

肯尼迪向来以强硬、泼辣著称。他强烈谴责苏联政府，抨击赫鲁晓夫，要求苏联立即从古巴撤出所有导弹，停止"这种秘密鲁莽并富有挑衅气味的威胁"。

赫鲁晓夫则装聋卖傻，声称在古巴并没有苏联导弹。

肯尼迪在盛怒之下，在10月24日调集68个空军中队和8艘航空母舰对古巴实行封锁。

苏联则谴责美国的"轻率玩火"行动，派出苏联舰队远征加勒比海。

美国与苏联这两个超级大国在加勒比海围绕导弹进行尖锐对抗，把冷战推向"热战"，一场大战一触即发。

1962年10月25日，美国代表在联合国展示了在古巴的苏联导弹和发射场的照片，揭穿了赫鲁晓夫的谎言。

终于，苏联赫鲁晓夫在美国的军事恫吓之下退让。10月26日，赫鲁晓夫给肯尼迪一封秘密信件，提出愿在联合国监督下从古巴撤出进攻性武器，并表示不再向古巴运送这种武器，交换条件是美国撤销对古巴的封锁，并保证不再入侵古巴。

10月28日，赫鲁晓夫在广播讲话中公开答复美国总统肯尼迪，苏联政府下令"拆除您所称的进攻性武器，并加以包装运回苏联"。

11月8日至11日，苏联从古巴撤走了42枚导弹。

12月6日，美国国防部宣布苏联轰炸机已撤出古巴。

至此，针尖对麦芒的震惊世界的古巴导弹危机，以苏联赫鲁晓夫的退却画上了句号。

美国总统肯尼迪虽然在猪湾事件中先输一局，但是在古巴导弹危机中又扳回一局。

香气四溢的古巴美食

由于众所周知的原因，美国对古巴实施经济、贸易和金融全面封锁。站在西礁岛上的我，面前如同是一道冰河。如今从美国迈阿密以及纽约有飞往古巴的不定期航班，但是只有古巴在美国的侨民以及到古巴探亲的美国公民才允许乘坐。

虽说近在咫尺却去不了古巴，但是西礁岛浓郁的古巴风情，使我略减遗憾之情。在西礁岛，耳际响着西班牙语，商店的招牌写着西班牙文——古巴的官方语言是西班牙语。这里的居民，很多来自古巴。街上，古巴工艺品商店、古巴雪茄、古巴咖啡馆、古巴餐馆，比比皆是。我甚至还看到街上一个售货亭上，挂着古巴国旗。

自1959年1月1日卡斯特罗在古巴建立红色政权之后，古巴难民曾经3次大规模逃亡美国西礁岛：

佛罗里达西礁岛上名为El Siboney的古巴餐馆

第　次是在1959年，当时西礁岛与古巴哈瓦那之间有海轮"自由航班"，每天两次，大批恐惧红色政权的古巴人乘坐海轮，从西礁岛进入美国。据称有20万古巴人在那时候来到美国。

第二次是在1965年，大约有10万名古巴人通过的"自由航班"从哈瓦那前往美国西礁岛，然后进入美国各地。这两批出走美国的古巴人，几乎都是对红色政权抱着恐惧心理的古巴富有者。1966年美国政府发布《古巴调适法》，规定任何自1959年后到达美国且在美国居住满一年的古巴移民，可以获得永久居留权。

第三次是在1980年，当时西礁岛与哈瓦那之间已经没有往返海轮。大批贫苦古巴人为了到美国求生存，北上偷渡西礁岛，前后大约15万人。

打开海鲜饭

香气扑鼻的哈瓦那海鲜炖饭

　　大批贫苦古巴人涌入美国，成为美国的负担。这使美国政府决定改变对古巴难民的政策，不再给古巴难民永久居留权，并宣布将遣返古巴难民。据统计，光是在1994年，就有3万古巴难民被美国遣返。此后，古巴偷渡者大为减少。

　　除了从西礁岛大批进入美国内地的古巴人之外，留居在西礁岛的古巴人也不少。这些古巴人给西礁岛带来浓郁的古巴色彩。众多的古巴餐馆，便是西礁岛一景。

　　听说这里一家名叫El Siboney的古巴餐馆很不错，儿子便把地址输入GPS，驾车找了过去。

　　Siboney，是一首西班牙歌曲中姑娘的名字。七拐八弯，在一个不起眼的居民小区里，终于见到一座红砖砌成的平房上挂着El Siboney招牌。门口的停车场上已经停满轿车，足见生意兴隆。我走进这家古巴餐馆，仿佛来到古巴，墙上挂着古巴及哈瓦那大幅图片、古巴地图，甚至还有古巴国旗。座上客有不少男子满腮浓须，一望而知是古巴移民。古巴餐馆里飘荡着咖喱、洋葱和烤面包的馨香。这是我第一次品尝古巴餐。

　　刚坐定，服务生来了。他刚跟邻桌客人讲西班牙语，而转身对我们讲英语。他送上菜单，同时送上古巴餐的前菜，一大盆刚烤好的面包，名叫吐司塔塔（Tostada）。面包平常稀松，但是这种古巴面包涂了奶油烤成金黄色，又香又脆。明知面包不可多吃，以免吃饱了之后，吃不下主菜，但我还是忍不住多吃了一块。我问古巴菜辣不辣？服务生摇头。此前，我曾经来到墨西哥餐馆，门口挂着巨大的红色辣椒标志，就连餐巾纸上也印着红辣椒，那里无菜不辣。古巴菜不辣，很合我的口味。

　　古巴盛产海鲜。古巴餐馆最有名的一道"看家菜"，是海鲜饭。不过，服务生告知，订这道菜的顾客很多，要等一个半小时才行。我只得放弃，改点别的菜。古巴菜以烤、煎、炸为特色。烤牛排、煎鱼、炸鸡，拌以芝麻、茴香、花生，香气四溢，令人食指大动。在硕大的菜盆里，附一小团黑豆饭作为主食。古巴人喜食黑豆，服务生还送来一碗黑豆汤。最令我惊奇的是，居然还有炸芭蕉这道菜。古巴到处是芭蕉，而把芭蕉用橄榄油炸作为菜肴，我还是头一回吃到。

　　自从在西礁岛领略古巴餐的特殊风味之后，到了佛罗里达州第一大城迈阿密，我们又一次去古巴餐馆。在迈阿密，来自古巴的居民多达14万，所以那里大大小小的古巴餐馆星罗棋布。夜晚，步入迈阿密"小哈瓦那"一家名叫Versailles的老字号古巴餐馆，竟有四五个大餐厅，每个餐厅都可以容纳上百人用餐。到底是大饭店，很幸运，在那里可以吃到古巴海鲜

饭，只消等待半小时而已。

这一回，我很有节制地只吃了一片吐司塔塔，虽然依旧觉得又香又脆，我却必须留下"空间"给海鲜饭。等了一会儿，一位身体壮硕、皮肤黝黑的年轻侍者推着不锈钢小车来了，车上放着一个不锈钢锅子，盖得严严实实。他一掀开锅盖，顿时带着浓烈的海鲜味的饭香四溢。我一看，锅里黄、绿、红、白四色杂陈：那黄色的，是黄饭——在米饭中加了姜黄（一种类似于生姜的天然香料，但是没有辛辣味），还加了咖喱，古巴人喜欢吃黄饭；绿是新鲜豌豆；红是古巴产的大龙虾；白色则是墨鱼片、蟹肉以及鱼块。我终于吃到香气袭人而又鲜美可口的"古巴大餐"海鲜饭。

当我走出迈阿密的古巴餐馆时，在夜幕中见到大门口影影绰绰排起了长队，足见古巴餐馆在美国何等受欢迎。

我期望着有朝一日能去古巴，领略这个岛国特有的风土人情。

海明威的三把椅子

西礁岛是一个小岛，也是一个小镇，一座小城。

虽然怎么说都离不开一个"小"字，然而这个小岛、小镇、小城，却跟美国4位鼎鼎大名的历史人物的名字紧紧相连：

"发明大王"托马斯·爱迪生在第一次世界大战期间，曾经在西礁岛居住，住处就是"小白宫"——那是美国总统杜鲁门之前，那幢白色楼房还没有"小白宫"之称；

20世纪50年代，美国总统杜鲁门在这里决策朝鲜战争；

20世纪60年代，美国总统肯尼迪在这里隔海秘密考察古巴；

第四位与西礁岛有着很深历史渊源的，便是美国著名作家欧内斯特·米勒尔·海明威（Ernest Miller Hemingway，1899年7月21日~1961年7月2日）。在20世纪30年代——从1931年至1939年，海明威居住在西礁岛。

西礁岛的主干道白头街像一根金线，串起了那么多闪闪发亮的明珠：从"小白宫"到灯塔、教堂，直到海滨的美国最南端标志。海明威故居，竟然也在白头街上。那高高的灯塔对过，挂着白头街907号门牌的庭院，便是海明威故居。

海明威故居

西礁岛灯塔

我来到那里。不像"小白宫"那样庭院深深，海明威故居临街而立，四周是石头垒成的围墙。

围墙上钉着3块牌子：

第一块在转弯角上，一块绿框灰底的木牌，上书"Ernest Hemingway Home"，即欧内斯特·海明威故居。木牌上的一行小字写着开放时间为上午9时至下午5时；

第二块是铜牌，钉在正门旁边的石墙上，上写"The Ernest Hemingway Home & Museum"，即欧内斯特·海明威故居暨博物馆。铜牌上还写着，欧内斯特·海明威于1931年至1939年在此生活并写作；

第三块也是铜牌，钉在第二块铜牌下方，写着"National Historic Landmark"，即美国国家历史地标建筑，时间是1968年。

围墙上的3块牌子，是关于海明威故居最简要的说明。

大门口设有售票处，成人的票价是12美

海明威故居里的游泳池

77

海明威故居书房

元，加1美元税。

步入大门，我看到院子里有两幢一大一小的两层楼房，被四周浓绿色的巨伞般热带高大树木以及草坪、花园所包围。

大房子是主楼。跟西礁岛大多数住宅一样，四面有着宽大的回廊。所不同的是，海明威故居虽然也是白墙白窗，但是所有的圆拱形门窗都配有黄绿色的遮阳开合式百叶木窗，这些百叶木窗朝两侧打开，使整座建筑绿白相间，再配上回廊的黑色雕花铁栏杆，就不像"小白宫"那样一片纯白显得色彩单调。

两层的主楼，拥有诸多房间，底楼最大的房间是客厅，二楼最大的房间是主卧室。站在二楼的回廊上，一抬头就可以看到马路对面那高高白色灯塔。有人打趣说，当

海明威书房里另一把椅子是竹椅，旁边安放着茶几，那是海明威抽古巴雪茄以及喝咖啡的地方

海明威书房里一把深褐色的皮椅是工作椅

海明威夜里在西礁岛"邋遢乔"(Sloppy Joe)酒吧喝得醉醺醺回家时，也不必担心找不到家门，因为灯塔的光芒在西礁岛任何一个角落都能看到。

如今主楼成为海明威博物馆的所在地。主楼里的这些房间，虽然家具仍保持原样，但是墙上挂满海明威不同时期的照片，还有根据他的作品拍摄的电影的海报。玻璃柜里摆放着他的各种著作，他生前的种种用品。我看到海明威年轻时的照片，帅哥一个。步入中年才留起络腮胡子。到了晚年，络腮胡子又长又密，倒是显得颇有风度。

主楼墙上还挂着海明威前后四任妻子的照片（还有几位没有正式名分的女人的照片不便悬挂），每一任妻子都是美女，他错综复杂的婚姻之路透露出他多变的人生。

我细细在海明威故居中参观，时光仿佛倒流到20世纪30年代。那时候的西礁岛，天上没有飞机轰鸣，海上没有豪华大游轮造访，陆上没有高速公路川流不息的汽车，街上没有纷至沓来、说着不同语言的游客。这个小岛是一个海阔天空、没有纷扰的世外桃源。

1927年，海明威跟他的第一任妻子哈德莉·理察逊结束了6年的婚姻，另娶宝琳·费孚为第二任妻子。

畅游加勒比海

1928年，海明威离开了欧洲的花花世界巴黎，携新婚妻子宝琳·费孚在西礁岛住了下来。这位长着大胡子的汉子，喜欢驾船出海，喜欢钓鱼，喜欢上这个宁静的小岛，甚至对这里的"邋遢乔"酒吧也情有独钟。然而来到西礁岛没多久，传来他的父亲克莱伦斯用手枪自杀的噩耗。父亲因受不了糖尿病的折磨以及经济窘迫的困扰，选择以自杀结束残生。海明威赶回家乡——美国伊利诺伊州芝加哥市郊区的奥克帕克，为父亲料理后事。

到底西礁岛跟海明威有缘。他去之复来，与宝琳·费孚双双再度来到西礁岛。1931年，宝琳的叔叔花了8 000美元，买下了白头街907号这座有着石头围墙的宽敞院子，给海明威与宝琳居住。这幢房子建于1851年，宝琳叔叔买的是"二手房"。这一回，海明威不再是西礁岛的过客，而是成为正儿八经的居民。

如今海明威故居前铜牌上的那句"欧内斯特·海明威于1931年至1939年在此生活并写作"，很容易使粗心的游客误会，以为海明威在西礁岛生活的时间是1931年至1939年，而实际上是1928年至1939年。铜牌上所写的1931年至1939年，是指海明威在白头街907号居住的时间。

从29岁到40岁，海明威把自己11年的壮年时光，托付给了西礁岛的海浪、游鱼与酒肆。这座天涯小岛，也到处留下了海明威的生活印记——更重要的是，海明威把这些印记留在了他的作品之中。

其实，在1939年海明威移居古巴哈瓦那之后，还曾多次渡海回到西礁岛小住。所以海明威跟西礁岛的缘分是很长很久的。

主楼之侧，建有一个私家游泳池。当年，宝琳的叔叔买下这幢房子的时候，院子里并无游泳池。海明威喜欢游泳，当然希望家里有个游泳池。1937年海明威以战地记者的身份奔波于西班牙内战前线。1938年，当他从西班牙回到西礁岛，惊讶地发现家中有了一个游泳池——这是西礁岛第一个私家游泳池。那是宝琳请人为他建造的。当海明威问她花费了多少钱，宝琳的回答使他更为惊讶：2万美元！天哪，买这幢宅院才花了8 000美元。海明威从口袋里掏出一个硬币，对宝琳说，"如今，我只剩下一分钱了！"宝琳把这枚硬币用水泥粘在游泳池旁边的地上，成为永久的纪念。

然而后来随着与宝琳感情的破裂，1939年海明威离开了西礁岛前往古巴哈瓦那。更准确地说，是由于海明威在西礁岛生活期间多次渡海到哈瓦那，在那里结识了新的女友，导致他与宝琳感情的破裂。自从海明威"海漂"到哈瓦那，白头街907号只剩下宝琳单独居住。宝琳与海明威于1941年离婚。宝琳一直住在白头街907号，直至她在1951年去世。

1944年在古巴哈瓦那，作家玛莎成为海明威第三任妻子。这段婚姻只维持了短暂的两年。

1946年女记者玛丽成为海明威第四任妻子，直到海明威1961年离世。这一段时间（除了海明威受疾病困扰的最后几年），成为海明威创作的高峰期，写出了代表作《老人与海》。1954年，海明威荣获诺贝尔文学奖，名声远播，成为世界著名作家。

1961年海明威去世之后，西礁岛白头街907号的房子出售给女商人迪克森太太。迪克森太太是海明威作品的忠实读者。她在白头街907号住了3年之后，决定把这里办成海明威故居博物馆。1968年，这里被定为美国国家历史地标建筑。

对于一位作家的故居来说，"核心"部分不是客厅，不是卧室，不是游泳池，也不是花园，而是书房。作家所以是"作"家，便是以著作奉献给千千万万的读者。书房便是作家写作之处，是工作的场所，也是作品源源不断的出产地。这里是作家创作灵感的所在，是作家思想的所在。

在主楼里，看不到海明威的书房。书房在主楼之侧、游泳池旁边一座不起眼的两层小楼里。据说，这里楼下原本是养马的马房，而楼上是堆放杂物的储藏室。海明威入住之后，把楼下的马房改成了客房，而楼上的储藏室则改成了书房。

我沿着小楼外的铁梯上去，来到了海明威的书房。书房大约有30多平方米，孤零零的，没有前廊，也没有阳台。书房里的陈设很简洁，几个白色的书架，墙上挂着海鱼标本和鹿头标本，表明主人喜欢钓鱼与狩猎。

我注意到，屋里总共只有3把椅子，这3把椅子3个式样：

一把椅子是深褐色的皮椅。那是工作椅，安放在小圆桌之侧，桌上是一台老式的陈旧的英文打字机。海明威早年用铅笔、钢笔写作，后来改用打字机写作。他通常在清早六时步入书房，在那里一口气工作6小时。《午后之死》、《丧钟为谁而鸣》、《非洲的青山》等长篇小说，还有《乞力马扎罗的雪》等著名短篇小说，都是在这间书房里写出来的。他几乎每天下午都要驾船出海钓鱼，他曾亲手捕过两条五百磅以上的大鱼，当然捕鱼并非他的职业，而是他的爱好，充分显示他喜欢亲近大自然、喜欢搏风击浪的性格。晚上则是他在酒吧慢条斯理饮酒、与友人聊天的时间。

另一把椅子有着厚厚的浅灰色坐垫的竹椅，旁边安放着茶几，那是海明威在写作间隙抽古巴雪茄以及喝咖啡的地方。或许就是他吞云吐雾之际，产生了创作的灵感。

还有一把椅子有着厚厚的灰黄色坐垫的躺椅，是海明威写作累了的时候，小憩片刻之处。如今，躺椅的主人早已驾鹤离去，一只乌云盖雪的小

猫正蜷曲身子在那里酣睡。

海明威喜欢养猫。据说，这只"肆无忌惮"盘卧在海明威躺椅上的猫，是当年海明威饲养的猫的"嫡传"后代，但是已经无法考证是第几代玄孙了。除了这只守在海明威书房里的小猫之外，整个海明威故居中到处活跃着猫的身影。令人惊诧的是，这些猫全是六趾的，称作"六趾猫"。不光是海明威家养的是六趾猫，西礁岛上很多家的猫也是六趾的。西礁岛多猫，人称"猫岛"。

对于西礁岛为什么多猫？在我看来，道理很简单，猫喜鱼腥，西礁岛多渔民，因此猫在这里安家落户，理所当然。至于西礁岛上的猫，为何是六趾猫?这是生物学家研究的课题，就不在此探讨了。

海明威书房里还有一把小憩躺椅有着厚厚的灰色坐垫，一只小猫正在酣睡

在海明威第二任妻子宝琳1951年去世之后，海明威多次带第四任妻子玛丽从哈瓦那渡海而来，住在白头街907号。不过当时的主楼已经出租，海明威和玛丽就住在小楼楼下的客房。据海明威故居工作人员说，海明威最后一次来西礁岛，是在1960年——他离世的前一年。不过，他的晚年不是居住在古巴哈瓦那，而是住在美国爱达华州凯彻姆。

如果从1928年算起，到1960年，海明威对于西礁岛有着前后32年的深厚感情，超越了他对任何一个女人的感情。海明威曾说："每个人都不是一座孤岛，一个人必须是这世界上最坚固的岛屿，然后才能成为大陆的一部分。"这大约是他多年在西礁岛居住而产生的人生感悟。

在海明威故居，我透过照片、文稿、档案、作品，仿佛走近这位极其传奇色彩的美国作家。渐渐的，他的形象变得清晰起来，他的性格变得鲜明起来。

对于作家而言，学历并不重要，而阅历要比学历重要得多。海明威如果填表，学历一栏只能写高中毕业。他是在高中毕业之后，直接去报社当

记者。他的一生，先是记者，而后是作家。记者的简洁行文，形成他小说的简练风格。记者的丰富阅历，成为他的创作源泉。

海明威是条硬汉，极富冒险精神又极富正义感。他参加了两次世界大战。在第一次世界大战中，他在红十字会救伤队担任救护车司机。在海明威故居展出了意大利政府授予他银制勇敢勋章。那是他在自己受伤的情况下，冒着炮火把许多意大利伤兵拖到了安全地带。在第二次世界大战中，海明威竟然把自己的游艇改装成巡艇，前去侦察德国潜艇的行动路线，获得一枚铜质奖章……在战争中他多次负伤，却在所不顾。枪林弹雨给予他的回报，不仅仅是两枚奖章，而是丰富的阅历。他把战场的硝烟，凝固在他用英文打字机打出来的小说之中。

这条硬汉还是一个勇敢的闯海人。他那么喜爱海洋，择海而居。如果没有西礁岛、哈瓦那的激浪怒涛，没有一次次驾艇打鱼的满脸汗水，他大概写不出一代名著《老人与海》。

海明威是烈性的人。他曾经充满激情地说：

"生活与斗牛差不多。不是你战胜牛，就是牛挑死你。"

"人生来就不是为了被打败的，人能够被毁灭，但是不能够被打败。"

"没有失败，只有战死。"

1954年他戴上诺贝尔文学奖的桂冠。

痛苦伴随着荣耀而来。战争中的多次创伤在他的晚年发作，遗传性糖尿病朝他袭来，再加上铁质代谢紊乱以及严重的抑郁症，他不得不在1961年的春天进行了25次电疗。

1961年7月2日清早，他在爱达华州凯彻姆家中，把一支猎枪的枪口放在嘴角，扣动了扳机。他以硬汉的方式，为自己的一生画上了句号。

妻子玛丽则宣称，"海明威是在擦枪时因意外走火把自己打死的。"

海明威之死，在美国引起强烈的震撼。美国总统约翰·肯尼迪在唁电中说："几乎没有哪个美国人比欧内斯特·海明威对美国人民的感情和态度产生过更大的影响。"

美国读者用这样一句话评价海明威："他是美利坚民族的精神丰碑。"

而前来瞻仰的读者在海明威的墓碑上看到这么一句幽默的话："恕我不起来啦！"

虽说与海明威故居一箭之遥的是高大的灯塔，这纯属偶然。但海明威其实就是一座灯塔，文学的灯塔，思想的灯塔。正因为这样，前来拜谒海明威故居的世界各地的读者，远远超过了灯塔的游览者。

游弋在加勒比海

精致游轮公司的"嘉印号"游轮

诱人的海上度假村

当我们从西礁岛沿着美国1号公路返回劳德代尔堡，结束了在加勒比海之畔——佛罗里达的自驾游、自由行。接着，便要开始新的旅行，乘坐皇家加勒比游轮"海洋独立号"，前往佛罗里达南面的加勒比海，从陆上游转为海上行。

在把那辆商务旅行车还给安飞士租车公司之前，按照规定，先要在附近的加油站加满了油，然后驾车前往劳德代尔堡的好莱坞国际机场，来到那里的安飞士租车公司停车场。还车很顺利。安飞士租车公司工作人员迅速检查了车辆，说了声"OK"。

这下子，我们没有"腿"了。从好莱坞国际机场叫了一辆出租车，驶往劳德代尔堡29号码头。从机场到码头并不远，但是劳德代尔堡有几十个码头，不好找。幸亏那位黑人司机熟门熟路，他说每天都要从机场到码头、从码头到机场来回跑好多趟，所以出租车只用了20分钟的时间，就到达29号码头。

皇家加勒比游轮"海洋独立号",像一座山一样巍然屹立在劳德代尔堡29号码头。"海洋独立号"游轮的排水量达16万吨,而美国最大的核动力尼米兹级航空母舰排水量不过9万多吨。游轮大,吃水深,而劳德代尔堡港海阔水深,成为众多豪华巨型游轮的母港。沿途我看到一艘又一艘高楼大厦般的游轮停泊在一座座码头。

对于我来说,第一次乘坐游轮,是20多年前。我从武汉乘坐"隆中号"游轮逆江而上,游览三峡。那艘游轮是内河游轮,跟"海洋独立号"相比,是"小巫见大巫"。

第二次乘坐游轮,是在2012年,我从俄罗斯圣彼得堡乘坐9层的豪华游轮"玛丽亚公主号",睡了一夜,"漂"过波罗的海万顷波涛,于翌日到达芬兰首都赫尔辛基。

第三次乘坐游轮,也是在2012年,从芬兰的图尔库乘坐"诗丽雅-欧罗巴号"游轮横渡波罗的海的波的尼亚湾,到达瑞典首都斯德哥尔摩。"诗丽雅-欧罗巴号"游轮共13层,比"玛丽亚公主号"大。我也是住了一夜。

虽说"玛丽亚公主号"、"诗丽雅-欧罗巴号"也算得上是大型豪华游轮,但是跟"海洋独立号"相比只能算是"小弟弟"。我乘坐"玛丽亚公主号"、"诗丽雅-欧罗巴号",准确地说,只是"乘客",不是"游客",都不过住了一夜而已。这一回则是在"海洋独立号"度过9天,游览了加勒比海,是真正意义上的"游客"。

在我看来,游轮不是一般意义上的轮船。游轮乃旅游之轮。令我感到奇怪的是,至今很多人仍把游轮称为"邮轮",甚至连一些旅行社的广告中也把游轮写作"邮轮"。应当说,今日世上"邮轮"已经绝迹。把游轮写作"邮轮",当以错别字论。

其实,邮轮的英文为Mail Ship,游轮是Cruise,在英文里两词是不会混淆、误用的。在中文中,邮轮与游轮同音,而且邮轮一词使用在先,于是许多人先入为主,把游轮称为邮轮。

细细探究邮轮与游轮的历史,可以发现,游轮产生于邮轮并最终取代了邮轮……

邮轮,顾名思义是运送信件和包裹的邮务轮船。在飞机航运出现之前以及飞机航运还不那么发达的时候,洲与洲之间运送信件和包裹靠专门轮船运送,这便是邮轮。特别是当年欧洲与美国之间的邮件往返频繁,中间隔着浩渺的大西洋,只能用船(Ship)运送邮件(Mail),于是Mail Ship——邮轮得到迅速发展。

这里需要说明的是邮轮之"轮"。早年的远洋船是帆船,以风为动

芬兰图尔库是世界制造大型豪华
游轮的中心

游轮粗而结实的缆绳

力。在工业革命中，蒸汽机用到了船上——像蒸汽火车一样，船的两侧装上了带叶子板的轮子。当轮子不断转动，船就不断前进，于是得了"轮"船之名。后来当螺旋桨推进器取代了带叶子板的轮子，轮船前进的速度就更快了。

在轮船业相当发达的英国，邮轮一度相当多。最初邮轮由英国皇家邮政专营。这些邮轮上挂着英国皇家邮政的信号旗。在1850年之后，英国皇家邮政允许私营船务公司帮助他们运载信件和包裹。于是原本只是载客的远洋轮船，也挂起英国皇家邮政的信号旗，也叫邮轮。这种邮轮跟最初的专门从事邮递业务的邮轮不同，以载客为主，而邮件只是顺便捎带，但是仍叫邮轮。

在20世纪初，飞机诞生了。随着飞机航运业的发展，邮轮黯然失色，先是被边缘化，后来终于退出了历史舞台。那些以载客为主的邮轮，变为纯粹的客轮。不过，乘坐客轮漂洋过海，即便是头等舱，也会因为漫长的海上旅行感到单调乏味，无法打发那无聊的时光，更何况那些住在空气污浊、席地而眠的统舱里的贫苦乘客，更是度日如年。

当飞机的速度越来越快，而票价越来越低，谁都愿意选择迅捷的交通工具飞机。于是海上客轮，尤其是横渡太平洋、大西洋的客轮也就面临淘汰的命运。

在飞机的"倒逼"之下，跨海客轮不得不谋求转型，朝着豪华化、大型化发展，把游轮"装饰"成海上的五星级宾馆，再配上种种娱乐设施，使游轮成为一座无比诱人的海上度假村。这样，游轮的客人也就从"乘客"转变为"游客"。很多游轮往往从一个港口兜了一个大圈，又回到原地。游轮主要功能不再单单是交通工具，而集高星级宾馆、高级饭店和豪华娱乐场所于一身，以休闲、观光为目的。正因为这样，追求游轮环境的舒适化，便成为当今各家游轮公司所努力追求的目标。

我所乘坐的游轮"海洋独立号"是皇家加勒比游轮有限公司(Royal Caribbean Cruises Ltd.)旗下的一艘大型豪华游轮。

皇家加勒比游轮有限公司是当下世界三大游轮公司之一，另两大公司是嘉年华游轮公司和丽星游轮公司。嘉年华游轮公司拥有105艘大型游轮，皇家加勒比游轮公司为29艘，丽星游轮公司拥有18艘，三大公司的载客能力分别约占整个游轮产业的50%、25%和5%。

嘉年华游轮公司虽然拥有世界上最多的大型游轮，但是皇家加勒比游轮公司的游轮很多是特大型的，即所谓"超级游轮"——排水量达到10万吨。超级游轮的载客量特别大。

眼下世界上最大的3艘游轮，都属于皇家加勒比游轮公司麾下：

"海洋绿洲号"和"海洋魅力号"这两艘并列为世界最大的游轮，排水量均为22.5万吨。这两艘"巨无霸"游轮，分别在2009年和2010年下水，投入运营。

"海洋绿洲号"（Oasis of the Seas）；长360米、宽66米、高72米，重量相当于泰坦尼克号的5倍，总造价近9亿欧元。这艘豪华游轮共有16层甲板和2 700余间客舱，可载5 400名乘客及2 100多名工作人员。也就是说，这艘游轮满载的时候，船上共有7 500人！

"海洋魅力号"拥有16层甲板和2 704个客舱，可搭载6 360名游客和2 100名船员。满载的时候，共有8 460人！这艘游轮拥有公园、欢乐城、皇家大道、游泳池和运动区、海上水疗和健身中心、娱乐世界和青少年活动区，拥有数十家酒吧和餐厅，甚至还有溜冰场、攀岩壁、旋转木马、篮球场，可以说是应有尽有。

我所乘坐的"海洋独立号"排名世界第三，排水量为16万吨，总长达339米，船体高度达72米，总共有18层，1 817间客房，可搭载乘客4 375名，船员1 000多名。

值得提及的是，世界三大游轮公司都把总部设在佛罗里达州的迈阿密，足见佛罗里达在世界游轮界举足轻重的地位。由于佛罗里达半岛拥有

劳德代尔堡码头

迈阿密、劳德代尔堡这样深水良港，而且天气暖和，所以适合发展游轮旅游。正因为这样，佛罗里达成为世界游轮的中心。不论是在劳德代尔堡，还是在迈阿密，甚至在西礁岛，我都看到许多大型游轮，拍摄了各种各样豪华游轮的照片——当然，还有更多的游轮正航行在大洋大海之中。

皇家加勒比游轮有限公司游轮的航线遍及美国沿岸及阿拉斯加、夏威夷群岛、加拿大、加勒比海、墨西哥、巴哈马群岛、百慕大群岛、南美洲、巴拿马运河、太平洋海岸、北欧、欧洲、地中海、英国及澳大利亚、新西兰等。其中亚洲有中国的上海、香港、台湾，还有日本、韩国、新加坡等。

踏上游轮

劳德代尔堡29号码头的候船楼，看上去像个巨大的仓库。通常候船楼里安放着一排排座椅，这里却不见一张座椅，旅客们排着长队，依次办理出境手续和登船手续。

这次我乘坐"海洋独立号"游轮，要前往4个加勒比海国家，所以在这里需要办理出境手续，意味着离开美国国境。像我这样的中国旅客，必须持有多次往返美国的签证，不然的话当游轮返回劳德代尔堡时，就无法重新进入美国。

在办理了离开美国的出境手续之后，开始办登船手续。我领到了Pass，亦即"游轮一卡通"。这张跟银行卡一样大小的卡片，对于游轮旅客来说至关重要，兼具上船通行证、客房钥匙、用餐凭证于一身，而且还与信用卡"绑"在一起，在船上可以凭此卡购物、消费。在卡上，我看到印着游轮名称、乘船日期、我的姓名、用膳餐厅名称、餐厅所在楼层等等。卡上印着房间号码，但是不标明楼层，以免一卡通万一遗失，被他人打开房门。

我经过安全检查之后，便拖着拉杆箱，沿着长长的甬道，来到上船口。刷了一下游轮一卡通，屏幕上便出现我的照片、国籍以及护照号码，工作人员在核对了我的护照之后放行。这样，我上了船，然后乘坐电梯。

在客房区，每一层一左一右都有两条长长的走廊，如同两条百脚蜈蚣，每一只脚便是一扇客房的门。不过，这长长的走廊中间被特意切断，

停泊在码头的皇家加勒比海洋独立号

这样位于走廊前半段的旅客必须从船头方向进入，而我所住的客房位于走廊后半段，必须从船尾进入。把走廊从中间切断，为的是尽量减少走廊来往的人数，以求保持安静。

我来到预订的客房，用"游轮一卡通"打开了房门。客房颇大，20多平方米，除了大床之外，有一张双人沙发和一张单人沙发，两个茶几，还有液晶电视、书桌、椅子、衣柜、冰箱、保险柜，卫生间也相当大。我和妻放下行李，有一种"稳定感"，因为从此一连9天就住这里，不"挪窝"了，不像在陆地上旅行三天两头要换旅馆，甚至一天换一个旅馆。客房里有中央空调。虽然美国北方正在下雪，客房里的中央空调却吹着冷气。

上了皇家加勒比游轮"海洋独立号"之后，我随处见到皇家加勒比游轮公司的标志：上方是一顶皇冠，下面是一个船锚。船锚表示游轮，一看就明白；皇冠当然是皇家加勒比游轮公司那"皇家"的象征。

皇家加勒比游轮公司的总部设在美国迈阿密，是一家美国的公司。但是我乘坐的皇家加勒比游轮公司游轮的注册地并不是美国，而是在巴拿马，据说内中的原因是美国的税重。

作为一家美国的游轮公司，为什么要称"皇家"公司？是哪一个"皇

家"？还有，这家公司的航线遍及全世界，并不局限于加勒比海，为什么称"加勒比游轮公司"？

我细细了解这家公司的历史，这才弄明白关于这家公司的两个"为什么"。

1969年1月31日，皇家加勒比游轮公司正式成立。这家公司是美国企业家跟挪威企业家合作的成果。

美国企业家爱德华·斯蒂芬具有敏锐的市场眼光，在1960年，他注意到加勒比海游轮市场蕴藏着巨大的发展潜力。他在挪威寻找合作伙伴。虽说挪威是一个北欧小国，人口不足500万，却是世界上的游轮大国，拥有众多的游轮。他找到挪威企业家昆特·克罗斯特，商谈合作事宜。经过昆特·克罗斯特的鼓动，Gotaas-Larsen、I.M.Skaugen和Andres Wilhemsen这3家游轮公司同意共同组建一家新的游船公司，开辟加勒比海旅游市场。挪威是王国，这家公司便冠以"皇家"的名义。这家公司最初所开发的是加勒比海旅游市场，所以叫皇家加勒比游轮公司。

在北欧，芬兰也是人口500来万的小国，却是世界上生产游轮的大国。皇家加勒比游轮公司成立之后，向芬兰的瓦锡兰船厂订购了3艘1.84万吨的游轮，用于加勒比海旅游。在当时，1.84万吨的游轮算是很大的游轮了。这3艘游轮分别命名为"挪威之歌号"（Song of Norway），"诺蒂克王子号"（Nordic Prince）和"太阳维京号"（Sun Viking）。

刚开始，皇家加勒比游轮公司在迈阿密只有两间设在拖车上的办公室。当芬兰生产的3艘1.84万吨的游轮分别在1970年、1971年和1972年横渡大西洋，从北欧来到迈阿密，吸引了众多的游客，尤其是引起美国游客的广泛关注。皇家加勒比游轮公司顿时"火"了起来，游轮的舱位被抢订一空。

皇家加勒比游轮公司不仅在加勒比海旅游独占鳌头，而且把航线铺向全世界。皇家加勒比游轮公司不断向芬兰订购大吨位的游轮，并在迈阿密盖起豪华的总部大楼。皇家加勒比游轮公司跻身于世界游轮界的第二位，成为全球知名的大公司。

随着一艘又一艘10万吨、20万吨级的大型豪华游轮驶向深蓝色的大洋，乘坐游轮成为一种时尚，成为一种新的休闲方式，越来越多的游客踏上游轮。

据世界游轮协会（Cruise Lines International Association）统计，在过去的20多年时间里，全世界有超过6 000万的人享受过安全、浪漫、舒适、奢华的游轮旅行。

美国是世界上游轮游客最多的国家。据世界游轮协会统计，美国游轮载客量占全球游轮市场的71%，其中佛罗里达占美国的68%。

　　游轮的发展，极大地带动了佛罗里达的迈阿密和劳德代尔堡这两座游轮母港城市的发展。这么多乘坐游轮的游客，从美国各地飞往迈阿密和劳德代尔堡，促使这两座城市扩建了机场。这么多游轮的游客在上、下游轮前后，要在迈阿密和劳德代尔堡住宿，促使这两座城市宾馆、餐馆的迅速发展。这么多游轮的游客在迈阿密和劳德代尔堡购物、旅行，又推动了这两座城市的消费。

　　又据世界游轮协会统计，"在美国人之中有12.3%人曾经乘坐过游轮，每年还有数以百万的人加入到这个队伍中来；超过6 800万的美国人希望乘坐游轮；首次乘坐游轮的人中有70%的人表示，游轮旅游的体验和经历远远超过了他们的期望；6 900万人愿意在未来五年中乘坐游轮，超过4 300万的人确定会成行，这意味着潜在的游轮度假市场至少达到570亿美元，最高可能达850亿美元。在所有形式的度假旅游中，游轮度假的顾客满意率最高，重游率也最高。此次研究表明，乘坐游轮的人中有超过80%的人表示非常满意或者很满意，有90%的人表示日后会再次乘坐游轮。"

　　我原本并不喜欢乘坐游轮旅行，主要是嫌游轮的速度太慢，太费时间。然而游轮旅行的特点就是"慢旅游"。这9天的游轮生活使我改变了对于游轮旅行的看法，旅行不等于赶路。"一日看尽长安花"是一种快速旅游方式，而游轮旅行则是一种悠闲的度假式的旅行，令人身心放松，有着其他旅行方式所并不具备的特点。

亲历游轮救生课

　　在"游轮一卡通"上，乘船日期、旅客姓名等等的字都很小，密密麻麻，但是右下角却用黑体大字印着醒目的"C18"。我问，这"C18"是什么意思？工作人员答复说，"救生艇的号码"。因为这艘游轮满载的话，可以乘坐4 375名旅客，此外还有1 000多名船员，一旦发生海难，旅客必须按照指定的号码上救生艇。如果不在卡上醒目地标明救生艇号码，海难时旅客就会乱成一锅粥。

　　我进入客房之后，看到门后贴着安全提示，告知C18号救生艇在

"DECK4"，即游轮第四层。安全提示还称，救生衣在衣柜里。我打开衣柜，果真看到两件鲜艳的橙色救生衣，整整齐齐放在那里。

我放好行李，看了一下手表，离开船的时间尚早，便到顶层甲板上漫步、俯拍劳德代尔堡海岸风光。突然，游轮喇叭里响起七短一长的警报声和广播声，要求游客各自前往按照指定的救生艇。我从顶层下电梯时，看到电梯顿时拥堵起来，即便是七八部电梯同时运行，电梯口还是排起了长队。这时，许多年轻的旅客就沿楼梯步行下楼。

我在第四层一出电梯，就看到好多位穿着浅黄色马夹的工作人员在那里指挥。很多旅客出示一卡通，工作人员马上告知，你的救生艇在什么位置。我按照他们指示的方向，朝右舷走廊走去，一位工作人员手持"C18"纸牌在招呼，我很快就找到走廊上绿色的C18牌子，而牌子上方悬挂着一艘橙黄色的巨大的救生艇，大约可以乘坐几十人。长长的走廊上方，挂着一长串同样大小的救生艇。每艘救生艇下，都聚集着一群旅客。我看到有几位坐电动轮椅的长者也都来了。

旅客们排成一列列队伍。一位金发小姐手持花名册，开始逐一清点"C18"旅客。她叫一声旅客姓名，如果有人答应，就打一个勾。也有的旅客姗姗来迟，她不怕麻烦地一次次呼唤着未到的旅客的姓名。这时斜射的阳光热辣辣地照射在旅客们身上。我的身后，是一位个子矮小、八十开外的美国老太太，她朝我"顽皮"地眨了眨眼睛，因为我高大的身影正好为她挡掉了阳光，何况她正好是在队伍的末尾，还可以背靠走廊墙壁。不

每艘救生艇下，都聚集着一群旅客

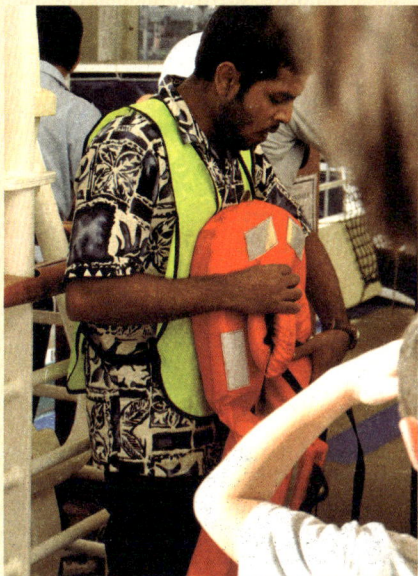

演示如何穿救生衣

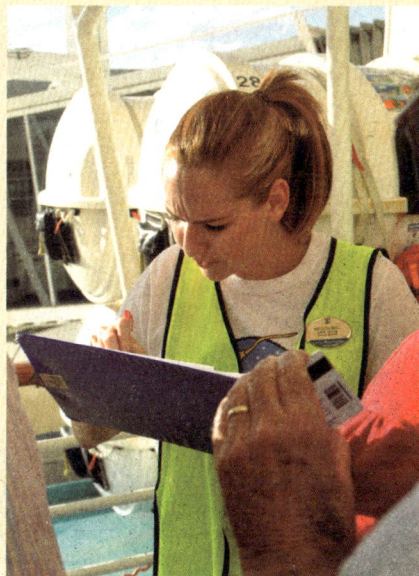

一位金发小姐手持花名册，开始逐一清点

料，随着迟到的旅客加入队伍，我被调整到另外一列，她从队伍之末调整到第一排，强烈的阳光就直射到她的脸上。

　　一直到全部旅客到齐，一位长着胡子却扎着马尾辫、穿黄色背心的汉子，皮肤深褐，看样子是本地人，开始讲解怎么穿救生衣，怎样往救生衣里吹气，如何登上救生艇等等。他的讲解显得有点冗长。他反复强调，如果游轮遭遇紧急情况，发出警报，一定要镇定，遵守秩序，前往指定的救生艇。他还说，如果你当时在客房里，应当拿出救生衣穿上；如果你在别处，不必折回客房取救生衣，应该直奔指定的救生艇，艇上有备用救生衣……

　　那位瘦小的老太太晒得太久，满头大汗，出现不适，旅客们都劝她回舱休息，她却吞了一颗药丸，然后蹲了下来，以躲避阳光。一直到那黑汉讲毕，老太太这才按照队列的顺序蹒跚地离开了"C18"。

　　游轮的第一课结束了。这时，洪亮的汽笛声响了，游轮开始起航了。

　　整整两个月后——2014年4月16日，发生韩国渡轮"岁月"号倾覆的不幸事故。据称，由于船长和部分乘务人员首先弃船逃生，船上46艘25人座的救生艇只有两艘救生艇被打开，结果造成数百人伤亡的惨剧。我不由得记起皇家加勒比游轮"海洋独立号"上的救生课。如果船方与旅客都高度重视救生演习，也许会使"岁月"号的灾难大为减轻……

"海洋独立号"上的清晨

金碧辉煌的休闲之所

"海洋独立号"游轮给我的总体印象是：大，新，豪华。

说起大，很自然的，我会跟曾经三次登临的美国"黄蜂号"航空母舰相比。站在"黄蜂号"航空母舰的飞行甲板上，看到飞行甲板比足球场还大，觉得真大。然而"黄蜂号"航空母舰的排水量只有4万吨，"海洋独立号"游轮的排水量是"黄蜂号"航空母舰的排水量的4倍——16万吨。

"海洋独立号"的总重量相当于3.2万头成年大象。

"海洋独立号"游轮的甲板四周，设有跑道，供旅客跑步锻炼之用。光是跑一圈，便相当于跑了800米。

"海洋独立号"游轮总共有18层，其中乘客区15层。每一层的甲板，都是钢板。据统计，建造"海洋独立号"时总共用掉343 741平方米的钢板、111 000加仑[1]的油漆、160公里的管道。

---

[1] 1加仑(美制)=3.785 412升。

一层又一层

游轮上的艺术画廊

游轮里的尖拱窗

"海洋独立号"游轮船体高达72米，站在甲板上看码头、看海面，犹如从高楼顶上俯瞰。

"海洋独立号"游轮拥有1 817间客房，满载时的旅客达4 375名,船员为1 000名。在船上并没有感到旅客很多，可是在上船或者下船时看到那长达数公里的队伍，大有"神龙不见首尾"之感，这才形象地感知"海洋独立号"游轮载客之多。能够容纳这么多旅客和船员，足见这艘游轮之大。

"海洋独立号"游轮是很新的游轮，是在2008年4月才在芬兰图尔库（Turku）阿克尔船厂竣工。

在2012年，我曾经来到芬兰图尔库。图尔库濒临波罗的海的波的尼亚湾，是一座只有16万人口的小城（连郊区的人口都算进

97

去，也只有24万）。很出乎意料，那里竟然是世界最顶尖游轮的生产地。我在那里的海滨，看到硕大的造船坞里，正在建造巨大的新游轮。

美国皇家加勒比游轮公司的三艘最大的游轮——同时也是世界上现在最大的三艘游轮，即"海洋绿洲号"、"海洋魅力号"和"海洋独立号"，都是图尔库阿克尔船厂集团生产的。

"海洋独立号"2006年在图尔库动工，经过两年时间的建造，终于竣工，造价高达4亿英镑(约8亿美元)。2008年4月25日，竣工的"海洋独立号"首次从芬兰图尔库抵达英国南安普敦港，这艘美轮美奂的超级游轮立即在英国引起轰动。

2008年5月2日，"海洋独立号"开始处女航，从英国南安普敦至爱尔兰科克港，4天4夜。

"海洋独立号"成了"候鸟"：夏天以英国南安普敦为母港，航行于欧洲地中海航线，带着旅客游历葡萄牙、西班牙、英国、法国、意大利。冬日，当欧洲风雪弥漫，"海洋独立号"横渡大西洋，来到美国佛罗里达，以劳德代尔堡为母港，带着旅客游历加勒比海。我正是在2月从劳德代尔堡登上"海洋独立号"。

登上"海洋独立号"之后，我被这艘游轮的金碧辉煌所震撼。

在邮轮时代，载客的邮轮仅是海上交通工具而已。从邮轮转化为游轮，便从海上交通工具转化为海上度假村，豪华化就是这一转化的特点。

"泰坦尼克号"游轮便是早期豪华化的代表。这艘载游客1 316人和船员891名的豪华巨轮，在1912年4月15日处女航时与冰山相撞而沉没，成为20世纪人间十大灾难之一。史诗浪漫电影《泰坦尼克号》，使亿万观众从银幕上领略这艘巨轮当年的无比豪华。

豪华，是游轮的贵族休闲文化的体现。如果说，银幕上的"泰坦尼克号"游轮的豪华还只是浮光掠影，那么当我走进"海洋独立号"，亲眼所见、亲手触摸的"海洋独立号"游轮的豪华，是实实在在的。据称，这正是游轮消费价值体现。

有人称豪华游轮为奢华，我不以为然。极度豪华，才是奢华。在我看来，大型游轮毕竟是公众共同享受，称之为豪华比较确切。某些亿万富翁花费巨资打造的私人游艇，装修达到奢侈的程度，才是名副其实的奢华。

我用四句话来概括"海洋独立号"游轮的豪华：

装修精心华丽多姿；
休闲设备种类齐全；

美味佳馔应有尽有；

艺术享受丰富多彩。

在"海洋独立号"游轮生活多日，我在手提电脑中写下对于游轮生活的观察与体验。

甲板风光

上了皇家加勒比游轮"海洋独立号"之后，新来乍到的我，便在这艘特级巨轮上上下下走透透。

我最喜欢的是"海洋独立号"游轮的第12、13两层——露天甲板。美国"黄蜂号"航空母舰的甲板虽然大，但是大而空旷，除了停放着一架架飞机之外，别无他物，显得空荡荡的。"海洋独立号"游轮的甲板却是色彩缤纷，是人来人往最热闹的所在，也是处处洒满阳光的地方。

甲板上水花飞溅的地方，是游泳池和儿童水上乐园。型男们穿游泳短裤，靓女们三点式，孩子们穿泳装、戴泳帽，在水中欢天喜地。然而我发

甲板上的儿童水上乐园

甲板上的游泳池

现更多的游客虽然一身泳装,却滴水不沾。他们不下游泳池。在游泳池四周,在甲板四周,密集安放着一排排躺椅,他们躺在那里"享受"阳光。他们大都是皮肤似雪的白人。热带的阳光很"毒",紫外线极强,中国人往往唯恐避之不及,以大沿草帽、阳伞"抵挡",而白人却非常喜欢这强烈的阳光,他们浑身抹好保护皮肤的防晒霜之后,往往在阳光下一晒就是几小时。就像烤大饼似的,他们正面朝太阳晒了一阵子,然后翻过身子,趴在那里晒太阳。他们上游轮时一身白皙,下游轮时一身紫铜色。他们以"黑"为荣,以为那是健康之美。

我注意到,这些"晒太阳族"之中,以中老年居多,以体胖者为多,以懒于运动者最多。静静地躺着,久久地晒着,从头到

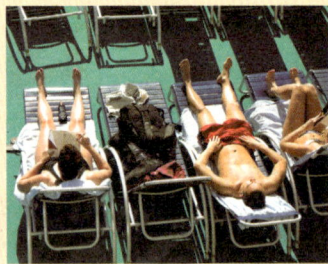

游轮顶层到处是晒日光浴的游客

游轮甲板上的篮球赛

在游轮上也可以冲浪

在游轮高大的烟囱上，巧妙地安装了一个个不锈钢螺栓，做成一面攀岩墙

脚，从正面到反面。这些"晒太阳族"的可爱之处是，很多人手中总是捧着一本书。我很敬佩美国人的读书习惯。在机场、在地铁、在车站、在公园，手中拿着报纸、捧着书本的美国人比比皆是。美国的人均购书率、读书率，均居世界前茅。一个爱读书的民族，才会是一个积极进取的民族。

甲板上安装了巨大的LED屏幕，播放热门的电影。"晒太阳族"们也可以透过墨镜，悠闲地一边晒太阳，一边看电影。

甲板上另一处水花飞溅的地方，是模拟冲浪池。我很惊讶，游轮上居然设有冲浪池。那是一个上百平方米有着斜坡的蔚蓝色塑料水池，湍急、强有力的水流从下方朝斜坡猛射，"制造"人工激浪。据称，冲浪池中的水泵能够制造出时速10英里的海浪。而

101

冲浪者或跪或站在冲浪板上，沿着斜坡迎着激浪而冲浪，时上时下，银色的浪花四溅。冲浪者大都是年轻体健的体育爱好者，在冲浪池里享受着逆浪行进的乐趣。一旦失手，连人带冲浪板滑了下去，浑身水湿，四周的观众发出哄笑声。

另一个令我惊讶的地方，是甲板上居然有高尔夫球场。不过，那是"迷你型"的，9洞而已。这个高尔夫球场虽小，能够在游轮上打高尔夫球，倒也别具情趣。当然，不能甩开膀子用力击球，不然高尔夫球就会飞到加勒比海的波涛之中。

甲板上还有一个标准的篮球场。我看到篮球场上来回奔跑的都是小伙子，一位头发花白的长者正充当裁判。

在篮球场之侧，巧妙地在游轮高大的烟囱上，安装了上百块人造岩板，成了"悬崖峭壁"。再安装一个个不锈钢螺栓，做成一面攀岩墙。在攀岩墙上，总共有11条攀登线路。这样，乘坐游轮，居然可以品味攀登"高峰"的艰难与乐趣。

环绕整个甲板，是一条橙红色的塑胶跑道，不时有人呼哧呼哧从跑道上跑过。

甲板上最为喧哗的地方，莫过于游泳池之侧的一个巨大的平台。高音喇叭在那里播送乐曲，在教练的带领下，一大群游客在那里做健身操。这使我记起中国的广场舞，常常由于高音喇叭播送乐曲引发四周居民的不满。然而在游轮甲板上，可以尽情欢歌畅舞，无忧无虑。这乐曲、这舞

迷你高尔夫球场

日落

者，给人们带来快乐。

我在甲板上漫步，在以各种方式休闲的人群中徜徉。我佩服游轮的设计者，竟然把这么多的娱乐、体育运动项目巧妙安排在甲板上，可谓"呕心沥血"。

在甲板的一角，除了食品小卖部之外，还有一个"冰淇淋吧"，那里有一个自动做蛋卷冰淇淋的机器，向游客免费供应蛋卷冰淇淋。只要轻轻按下扳手，你可以选择白色纯奶油冰淇淋、棕色巧克力冰淇淋，也可以做成两者混合、亦白亦褐的双色冰淇淋。游客们在体育运动或者晒太阳之余，喜欢在这里选取一杯蛋卷冰淇淋。当然，这也是孩子们的最爱，他们恨不得多长几双手，可以同时拿几个蛋卷冰淇淋。孩子们周而复始排队，一口气吃好几杯蛋卷冰淇淋，个个喜笑颜开。

我还注意到另外一个细节，由于甲板上的游客穿着暴露，穿比基尼的比比皆是，在甲板上常有巡警在巡视，以保证游客的安全。

很多游客跟我一样，喜欢在甲板凭栏远眺。加勒比海的海水是深蓝色的，因为这里的海水又透明又深。

大海之上，无遮无挡，极目而望，天水一色。静静地依栏远望，海风轻轻吹拂，这对于长日相守电脑荧屏的我，是难得的休闲。

最为壮丽的海景，是日出与日落时分。

如果天气晴朗，日出时一轮红日从海平面上喷涌而出，霞光万丈。

103

我真佩服我们祖先创造的字，那日字之下的一横，正是海平面的写照。"旦"，意味着新的一天的伊始，即所谓"一日之计在于旦"。

日落时分，海面通红通红，即所谓的"夕阳红"。这时候的太阳，格外的圆。夕阳的光芒，染红了白色的游轮，染红了我的脸。所谓"夕阳无限好，只是近黄昏"，而海上的落日清晰地、缓缓地淹没在远处的天际线上，那么地"无限好"，而在红日沉没之后，天空一下子变得灰暗，甲板上一下子变得冷清。

不论是日出还是日落，倘若天空中巧云朵朵，先是被阳光染成红彤彤，继而染成金灿灿（日落时"程序"相反），使日出、日落更加令人动容。尤其是伴以海面的粼粼波光，在浪尖上跃动着星星点点的红珠、金球，更为璀璨，气象万千。

我另一喜欢站在甲板上眺望的时刻，是在游轮到岸或者起航的时刻。那是观赏码头、城市、海岸线的最佳时刻。那时候，甲板高高在上，我仿佛站在山巅俯瞰，街道、高楼、引桥、小艇，都在视野之中。我不断摁动照相机的快门，把加勒比海沿海城市的如画风光摄入我的镜头。

华丽大堂

走进宾馆，通常最为宽敞、最为考究的地方是大堂。在皇家加勒比游轮"海洋独立号"，最为宽敞、最为考究的地方是5楼，那里写着Royal Promenade，意即皇家大道或者皇家长廊。

说是大道，不错，两侧都是商店，是游轮里的购物街；

说是长廊，不错，从船头到船尾，几乎贯穿了游轮；

说是大堂，不错，游轮的总台就设在这里；

说是宽敞，不错，宽度占了游轮的整个横截面，而高度更是空前，打通了6~8层，高达4层；

说是考究，不错，这里的装修确实是最豪华的，最讲究"门面"的。

"海洋独立号"上的皇家大道，用游轮的"行话"来说，那里叫"中庭"。

皇家大道两端的电梯，都是透明的观光电梯，便于游客从上至下或者从下至上观赏皇家大道，那视觉效果有点类似于电影里的升降镜头。

游轮里装有好多透明的观光电梯

阜家大道是游轮里的购物街

从这里走向4层的楼梯，铜扶手，透明楼梯板，板下安装了不时变幻色彩的灯，给人以水晶宫之感。楼梯呈S形，造型也别致。从电梯口到皇家大道，特意架设了一座桥，也是如此布置。

其实整个大堂顶上的灯光都是不时变幻色彩的，给人以如梦似幻的感觉。

餐厅、酒吧、咖啡馆以及各色商店，挤满皇家大道两侧。从名牌服装到金饰钻戒，从儿童玩具到名牌轿车，这里应有尽有。游轮在公海航行，这里的商品是免税的。在游轮上有的是时间，很多人喜欢在这里慢悠悠地逛街、购物——只要刷"游轮一卡通"就行，因为"游轮一卡通"跟你的银行卡"绑"在一起。在你下船时结清"游轮

游轮的大堂

惬意地在游轮图书馆里读书

游轮里的走廊

游轮里的老电影海报

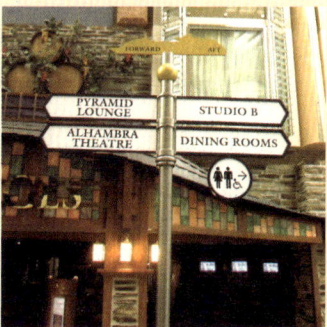

游轮里的路标

一卡通"，总台就会给你一张从银行卡扣款的长长的账单。

我在游轮各层走动。

我来到11层的船头部分，那里是一个巨大的健身房，被誉为"世界最大的海上室内体育馆"，面积相当于62个拳击赛场。各种各样的健身器械齐备。那里把跑步机放在第一排，亦即紧靠船头的大玻璃窗。这样在跑步机上跑步时，眼前是船头正在犁开湛蓝的海水，那感觉如同在海面上奔跑。这种精心安排，足见游轮设计者是何等花费心思。

这里有30名私人健身教练，指导游客健身。其中有一个健身房的一面墙全是镜子，是供健美体操爱好者练习之用。这里也有拳击场、举重场、击剑场等等。

我注意到，进入健身房的游客，绝少大腹便便者。个个身材苗条，肌肉发达。很显然，他们在陆上就是体育爱好者，所以上了游轮，每天仍保持健身锻炼的习惯。

游轮里的溜冰场，使来自北方、喜爱溜冰的游客有了施展身手之地。

在第7层，居然有一个偌大的图书馆，摆放着一排排书橱，还有舒适的沙发。喜欢看书的游客，在这里静静地阅读。游客也可凭"游轮一卡通"借书，把书借回客房阅读。借书是免费的。

第8层，则是电脑室，可以在这里上网。不过，在游轮上，手机是通过卫星上网的，所以不论是上网费或者通话费都很贵。另外，游轮在大洋深处航行时，手机往往没有信号，无法通话。对于那些忙里偷闲的人们来说，上了游轮，彻底从忙碌中解脱出来，倒也是一桩快事。

在游轮里，居然还有讲座中心。讲座

游轮上的楼梯美轮美奂

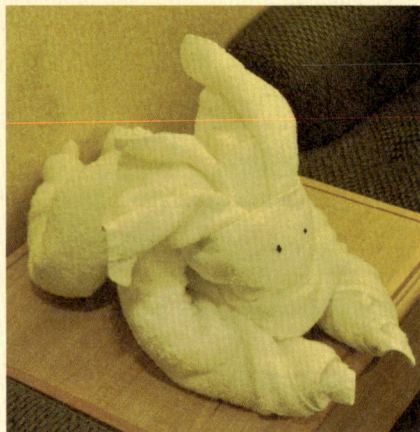

游轮服务生把毛巾折成小动物，每天换一种，给客人温馨之感

的内容很广泛，有人主讲名表的鉴赏、有人主讲养身、也有人讲理财，都是游客们关注的话题。你可以听了一半走开，也可以半途加入，自由自在。

游轮的厨师也"露一手"，摆了个桌子，给游客讲解如何用水果做成各种动物卡通形象。

在游轮里，还有艺术画廊，展出一幅幅绘画作品。你喜欢哪一幅，可以刷卡买下。

游轮里也有照相馆。

游轮里还有很大的赌场，各种赌具一应俱全。虽然美国法律规定只有少数的地方（如拉斯维加斯）允许赌博，但是由于游轮是在公海上航行，所以不受限制。

游轮中设有水疗中心、美容院、美发院，是爱美的女士们喜欢光顾的地方。

为了保证数千游客的健康，游轮设有医疗中心。我在那里看到，居然有中国的针灸图以及经络铜人，两位来自中国的医生为游客提供针灸服务。

在游轮里活跃着好几位摄影师。当你在中途游览下船时，"不知不觉"被他们摄进镜头，背景就是皇家加勒比游轮"海洋独立号"。当你走过游轮第8层的摄影画廊时，见到数以百计照片组成的"照片墙"，从中还可找到自己的照片。如果你喜欢，付钱给摄影师，就能当场取到自己的照片，作为旅行纪念。

我喜欢在游轮里到处走走。游轮的电梯，只能到达13层。我沿着楼梯往上走，到达最高的第15层（再往上乃是游客止步的地方），居然见到教堂，叫做Skylight Chapel，即天光教堂。这是为那些在游轮上举行"海上婚礼"的新人们准备的。这个小型教堂可以容纳40名亲友观礼。

此外，游轮里还有卡拉OK厅、桑拿房，以适合不同游客的需求。游轮里有大小不等的会议室，供一些公司借游轮举行新产品推介会之用。也有的公司上游轮边休闲边开会，也需要会议室。

作为游轮，占用面积最多的，当然是客房。皇家加勒比游轮"海洋独立号"以4、5、11、12、13层作为公共活动层，而2、3、6、7、8、9层则主要是客房。

游轮的客房分为套房、阳台房、海景房、内舱房四种，价格依次从高到低：

套房，有客厅、双阳台，所在的楼层也高。由于阳台朝海，所以景观很好；

阳台房，即卧室带阳台；

海景房，没有阳台，但是有朝海的窗；

内舱房，没有阳台也没有窗。

客房所在的楼层高，景观当然好，但是遭遇风浪时，摇晃的幅度要大一些——尽管皇家加勒比游轮"海洋独立号"作为16万吨的巨轮不会摇晃太厉害。

我的小儿子和儿媳曾经乘坐过赴阿拉斯加的游轮，也乘坐过前往加勒比海的游轮，算是"老经验"了。儿子说，上船之后，白天大部分时间游客在外活动，所以有阳台或者窗户当然好，但是也不重要。就性价比而言，内舱房是不错的选择。内舱房的面积跟阳台房一样大，少一扇窗户而已，但是价格要低不少。他建议把省下的钱用在餐饮上，因为游轮上的餐饮分为两个档次，一类是普通的西式自助餐，另一类是名厨掌勺的点菜餐厅。选择点菜餐厅需要另外加费。我以为他的意见很好。果真，这次我们在游轮上得以饱尝西餐中的种种名菜、名点。

皇家加勒比游轮"海洋独立号"的服务生，每天两度打扫房间，而且还常常用白毛巾折叠成小动物放在床上，给人以温馨之感。一个服务生通常负责十几个房间，工作量够大的。一位游客付给客房以及餐厅服务生的小费，每天为11.65美元。通常在买船票的时候，一起收了小费，所以上船之后不必另付小费。这笔小费由船方分配给客房服务生、厨师、餐厅领班、餐厅服务员、餐厅助理服务员等。

喜欢到处走走的我，除了到了游轮的最高层参观天光教堂之外，还来

到最底层。那里是船员们的宿舍。由于游客止步，我无法入内。那里是普通船员的住宿之处。当然船长以及游轮高级职员的宿舍不在底层，而且住宿条件比较好。

舌尖上的美国

游轮上除了各种各样的"玩"之外，很重要的就是"吃"。

皇家加勒比游轮"海洋独立号"上有3个大型餐厅，可同时供2 000名乘客进餐。此外，在皇家大道以及其他层还有各种各样的小餐厅、咖啡吧、酒吧、快餐店、点心店。我看到就连麦当劳这样的快餐店也有。

虽然我在美国餐馆以及美国朋友家吃过多次美国餐，但是在儿子家毕竟吃的是中国餐。这回自从上了旧金山飞往劳德代尔堡的飞机，就没有拿过筷子、吃过中餐，这么长时间一直是"左叉右刀"。我对于美国餐很适应，也很喜欢。尤其是上了游轮，使我有机会品尝各式各样的美国餐，也是难得的口福。

很多人以为，美国餐无非就是麦当劳的汉堡包、肯德基的炸鸡，还有比萨饼、三明治和热狗。其实就像中国餐不只是饺子、油条、包子、大饼一样，美国餐也花样繁多，美味可口。

美国是一个移民国家，欧洲移民尤其是英国的移民，构成了美国人口的主体。正因为这样，美国菜大体上是综合了英国菜、法国菜和意大利菜的特点而形成的。在游轮上，除了可以吃到各种美国菜之外，还可以点纯正的英国菜、法国菜和意大利菜。

皇家加勒比游轮"海洋独立号"的3个大型餐厅之中，我去的次数最多的是11层的西式自助餐厅，早餐、午餐都在那里就餐。

晚餐是在5层的My Time餐厅。My Time即我的时间，意思说就餐时间由我来定。那里是点菜的餐厅。如果不另外加费，是不能在那里就餐的。在"游轮一卡通"上就标明了点菜餐厅的名字、楼层以及就餐的号码。在进入这个餐厅之前，需要出示"游轮一卡通"。经过服务生登记之后，告知你在哪一桌就餐。餐桌有大有小。通常我们一家四口为一桌。也有的两人一桌，或者10人一桌——差不多都是家庭或者志同道合者同桌就餐。

各种各样的布丁

游轮厨师表演用水果做成小动物造型

　　例外的是两次晚餐，一次是船长举行欢迎宴会，一次是船长举行答谢宴会，是在Main Dining Room（主餐厅）里举行。主餐厅很大，从3层进去，餐桌分别安放在3层、4层、5层。这两次宴会，也是点菜，凭"游轮一卡通"登记入内。

　　所有酒类消费，需要另外付费。游客在指定的餐厅之外的小餐厅消费，也需要另外付费，如麦当劳；但是也有的小餐厅是免费的。

　　在游轮的每一个餐厅门口，都安装了一个消毒器。把手伸进消毒器之后，一大滴液体滴在手上。把这滴液体抹在手的各个部位，会有一种清凉感，而且散发出一股很浓的酒精味。消毒器上写着PURELL（普瑞），这是一种新颖的消毒液，不需水和毛巾洗手，就可以在15秒内有效杀灭99.99%常见细菌病毒。这种美国生产的消毒液，很适合用于餐厅门口，既方便，又能有效杀菌。

　　11层的西式自助餐厅，几乎像一个足球场那么大。自助餐厅的就餐起止时间很长，所以很方便。

　　进入自助餐厅之后，我总是顺手在供应饮料的窗口取一杯加冰块的柠檬水。柠檬水解渴又开胃。在美国，起初我还是习惯于一杯热茶，喝不惯冷水，尤其是加冰块的饮料。入乡随俗，渐渐习惯了，就连乘坐飞机，空姐送饮料时，我总是说："加冰块！"

　　自助餐厅往往放着一大排生菜以及各种色拉酱，供客人自己做色拉。对于美国这种"生菜文化"，我20多年前去美国时也不习惯，如今颇为喜

欢生菜的原汁原味。我往往在色拉中加几片洋葱，可以起杀菌作用，尽管美国的生菜很"安全"。不过，美式色拉往往加入许多水果，诸如香蕉、苹果、梨、橘子之类，据说这是受西班牙人水果入菜习俗的影响。另外，半熟的虾仁，也成为美式色拉的"原料"。

美国人喜欢吃肉。我亲眼看到，厨师刚刚把一大块猪蹄切成十几片，放在方盘中，转眼之间就"不见"了。当然，最"畅销"的是扒牛排。还有炸鸡腿、焗鸡排、烤火鸡以及肉肠、培根等等，也很受欢迎。

在美国厨师手中，马铃薯这种最普通不过的东西，也能玩出许多花样。炸薯条据说起源于法国，被美国人"发扬光大"。在自助餐厅，由于炸薯条刚刚出了油锅就进入不锈钢方盘，所以要比麦当劳、肯德基的薯条好吃。还有一种像陆军棋棋子大小的炸薯块，又脆又香，连我也喜欢。美国厨师还把马铃薯煮熟之后做成泥、做成浆，往里加奶油，加各种各样的酱，做成不同味道，也好吃。还有的把大马铃薯整个烤熟，听任你用刀切开，抹上酱，倒也别有风味。

说实在的，美国人的糕点手艺甚高。自助餐厅里摆放着各式蛋糕，琳琅满目。蛋糕通常配上巧克力、奶油，再用红色樱桃、草莓之类点缀，色彩、造型都漂亮。缺点是太甜，而美国人却向来喜爱甜。

爱奶油、爱油炸、爱甜食、爱肉食、爱高热量食品，再加上喜欢喝可口可乐，这大约是游轮上的美国人多胖子的原因。尤其是在自助餐厅看到美国人的盆子里堆放着冒尖的小山般的食品，不发胖才怪呢！

正装出席船长晚宴

进入5层的My Time餐厅就餐，跟自助餐厅不一样，这里不是"自助"，而是一切由Waiter（服务生）来服务。

按照桌号来到指定的桌子，我们一家四口坐在铺了白桌布的长方餐桌的两边，餐桌上放着写有服务生艾伦名字的牌子。很快就来了两位男生，白衬衫，系领带，黑色西装马甲，一位梳着整齐的小分头，另一位则是光头。那位梳着小分头的先生用英语自我介绍说，他就是艾伦，另一位是他的助理，他俩都来自菲律宾。从那以后，差不多都是这两位菲律宾服务生

游轮主餐厅

服务，跟我们很快就熟悉起来，只有一两次是一位黑人服务生服务。

艾伦的第一件事，就是送来菜单。很有意思，菜单正中，印着主厨的头像与简历，旁边则是介绍今日由他主厨的菜馔。每天的主厨都不同，菜单每天都不一样。

我看了几位主厨的介绍，他们的厨艺各不相同：有一位主厨出生于意大利罗马，曾长期在欧洲及澳大利亚五星级宾馆担任主厨，也曾在摩洛哥皇家宫殿工作，他擅长意大利菜和法国菜。又一位主厨出生在奥地利，最擅长面包与糕点，曾经在瑞士、中国香港、新加坡、新西兰糕点公司工作，同时也擅长做意大利风格的菜馔；还有一位主厨来自英国，能够做一手英国派系的菜馔……正因为这样，在My Time餐厅，使我有机会领略西餐名菜的口味。

每一份菜单，都是"三部曲"："序曲"是开胃菜（又称前菜），"高潮"是主菜，"结尾"是甜点。每一部曲都开列多种可供选择的菜馔。只要你吃得下，随便你点，同一种菜点几份或者点几份不同的菜，都可以。

开胃菜以冷菜为主，也有热菜、热汤，诸如水果什锦、蟹肉饼、奶油蘑菇、皇家基围虾（口味不同于中国的基围虾）、烟熏鱼肉酱、羔羊肉浓汤、冰镇草莓浓汤等等。

在开胃菜之中，给我印象最为深刻的是勃艮第焗蜗牛，亦即大名鼎鼎的法国蜗牛。服务生端上来的时候，那个圆盘里仿佛盛着一个鸡蛋饼，散发出热气和香气。

这道菜的专用菜盘是不锈钢的圆盘。拨开上面那层薄薄的"鸡蛋饼"，出现6个小凹坑——圆心1个凹坑，四周5个凹坑。每一个凹坑里，是一个已经去除了外壳和内脏的蜗牛。那层"鸡蛋饼"，其实是拌有香草、蒜茸的黄油，使蜗牛非常鲜美。蜗牛放在凹坑，是为了防止蜗牛滚落。6个小凹坑，称"6洞蜗牛"。

法国蜗牛经过这样精心的烹调，口感滑而脆，非常可口，不愧为名菜。我差不多每一回都点了这道名菜作为前菜。

在前菜之后，往往要等一会儿，主菜才被端上餐桌，看得出做主菜要花些功夫。

菜单上的主菜也花样繁多。有美国风格的手切曼哈顿牛排、英国风格的雪蟹色拉、欧洲烤羊排、意大利猫儿面、希腊风味蔬菜茄合、还有烤大西洋鲑鱼柳（鲑鱼即三文鱼）、马沙拉酒烩鸡、鼠尾草香烤猪腰柳等等。

在主菜之中，我最喜欢的是一道叫做"海陆鲜香"的菜，那"海"

指龙虾，"陆"指牛排。加勒比海盛产龙虾。煮熟的龙虾又大又红。服务生艾伦用一把叉、一把刀，就很熟练地把龙虾壳剥离，取出又白又嫩的龙虾肉。在上海，由于龙虾是从美国、澳大利亚远道进口，是名贵海鲜，而在加勒比海龙虾并不很贵。儿子、儿媳看出我和妻喜欢龙虾，回旧金山之后，从超级市场买了一大盒龙虾，几乎天天吃龙虾。

主菜用毕，进入尾声，点心上场。

西餐的点心，非常精美。诸如帕芙洛娃草莓奇异果蛋、黑巧克力蛋糕、黄油布丁、白巧克力慕斯、甜甜圈等等。

在种种点心之中，我最爱的是香草冰淇淋，也是每餐必点。

在My Time餐厅就餐，"舌尖上的美食"当然远远胜过自助餐厅，使我有机会对于西餐的风格及其名厨有所了解。当然缺点是点菜要比自助餐花费的时间长。也正因为这样，游轮把点菜安排为晚餐，晚上的时间相对比较充裕。

值得提到的是，有一次我在My Time餐厅偶然看到，有的游客把整只龙虾丢进垃圾筒，真是"暴殄天物圣所哀"，我深感震怒和痛心。你如果不喜欢龙虾，又何必点这道菜？有的菜吃了一两口就弃如敝屣，在My Time餐厅也常见。我不由得感到，中国眼下提倡的"光盘行动"，在豪华游轮中也应当实行。

点菜菜单最为丰盛的是两次，一次是上船之后的第二天，船长举行欢迎晚宴，另一次是下船前一个晚上，船长举行答谢晚宴。虽说两次宴会都是以船长的名义举行的，餐费是从游客上船时所交的餐费中扣除，游客不用另外掏钱。

这两次宴会，出席者必须正装。原本穿泳装、T恤散漫、随意惯了的游客们，男士西装革履，夫人们穿上晚礼服，可谓判若两人。这两次以船长名义举行的晚宴，集中体现了当年欧洲贵族文化的传统。

在上船之前，船方就通知游客，要带三种衣服：

第一种是日常的衣服，在船上以及下船旅游时穿；

第二种是泳装，在船上以及下船游泳时穿，当然也供在甲板上晒太阳——日光浴时穿；

第三种是正装，在出席这两次晚宴时穿。

我记起在劳德代尔堡码头上船时，不少美国男士一手拖着拉杆箱，另一手持衣架，上面挂着一套西装，生怕放在箱子里会压出摺纹。

也有的游客嫌带西装、晚礼服上船麻烦，反正船上有专门租赁礼服的地方，花点钱就是了。不过，那里的西装大都偏于肥大，适合那些又高又

孩子们也"正装"

游轮领导层向游客致意

胖的美国人。

这两次宴会，都在游轮的主餐厅举行。我步入主餐厅，见到这主餐厅非常豪华，从3层延伸至5层。最底下的一层，如同舞会的舞池。上面两层，如同剧院的包厢看台。

大吊灯，大楼梯，铜扶手，波浪形栏杆，主餐厅一派欧洲古典建筑风格。一张张铺着白桌布的方桌、长方桌、圆桌上，整整齐齐放着闪亮的刀叉。按照桌号，我们一家在3楼（亦即5层）的一张挨着栏杆的方桌，我倚栏而坐，正好可以俯瞰全场。

人渐渐坐满，大厅里座无虚席。服务生在席间穿梭，端送菜肴，这是他们最为忙碌的时刻。

晚宴毕，游客们纷纷来到5层的中堂。

乐队开始演奏。在中堂高处一座天桥上，船长出现了，高高举着红酒酒杯，向游客们致意。船长是德国人，一身白色西装，胖胖的，一头银发，很有风度，据说出自航海世家。他本人也有30多年航海经验，是一个从风浪中走过来的人。

船长出现之后，大副、二副以及游轮各部门负责人，还有戴着白色高帽、穿着白大褂的主厨，也来到天桥，向游客招手致意。

船长发表了演说。船长除了向光临皇家加勒比游轮"海洋独立号"的客人们表示问候、感谢之外，还介绍了他的团队。他说，"海洋独立号"有1 000名船员，来自世界各地的55个国家。尽管船员们的国籍不同、肤色不同、语言不同，却有着一个共同的目标，那就是为所有旅客服务，尽力使你们感到满意。

船长的演说，赢得一片掌声。

夜幕降临后的甲板空无一人

夜幕降临之后

当夜幕降临，在喧闹不已的甲板上除了放映电影之外，渐渐归于寂静。晚餐之后，游轮上丰富多彩的夜生活开始了。

客房里的电视屏幕以及游轮各处的屏幕，都会预告每天晚上演出活动的内容、地点、时间。游轮还印发节目单，当服务生打扫房间时放在客人的茶几上。所有的演出都是不收费的，虽说实际上已经包含在船费之中。在游轮上大小不等的剧场内，各种演出纷纷登场。其中最大的是从2层延伸到4层的"世外桃源剧院"，拥有1 350个座位。各种演出常常爆满，往往需要提前20分钟入座，晚了就没有座位。

我差不多每个晚上都在剧场度过。有时候，还一连看两场。就像多日在西餐中领略西方的餐饮文化一样，观看各种各样的美国艺术演出，使我与美国文化有了"亲密接触"。

第一次步入游轮剧场，是观看美国的脱口秀节目。在我看来，美国的脱口秀很像中国的单口相声，只不过一个是穿西装、讲英语，一个是穿长衫、讲汉语。我在上大学的时候，自己装了一个矿石收音机，很喜欢听北京刘宝瑞、天津马三立的单口相声。前些日子我在中国看中央电视台《是

游轮剧场座无虚席

真的吗？》节目时，得知主持人黄西乃留学美国的生物学博士，因喜欢用英语讲脱口秀，在美国走红成为脱口秀演员。但是我没有看过黄西的脱口秀节目。没有想到，在游轮上有机会看到美国的脱口秀。脱口秀很适合于游轮，因为只需要一个演员而已，连道具也不需要，而引发的一阵阵哄堂大笑，给观众带来了愉悦。那位脱口秀演员以调侃的口吻，讲述自己乘坐另一家公司的游轮的经历，处处挖苦，冷嘲热讽，观众笑声连连。由于他讲的就是游轮上可笑的事，所以观众听起来特别亲切。

游轮上的美国歌舞

魔术节目也很适合于游轮。那位魔术师单枪匹马，连个助手都没有，凭借着一个长木箱里的各种道具，居然一口气演了半个多小时，其中不少节目相当精彩，尤其是充满幽默感，台下不时爆发阵阵大笑声。

相对而言，歌舞节目的演员阵营要大

游轮上的杂技表演

得多，20人上下。他们且歌且舞，黑人白人同台。其中不乏在纽约、拉斯维加斯颇有名气的演员。他们主要是演唱美国大众化的流行、爵士、乡村、摇滚歌曲。有的歌舞演员出场多次，每次出场都换一身新的服装。

歌舞节目以一本打开的书为贯穿线，用歌舞展现一个个经典的故事。内中有安徒生童话中脍炙人口的灰姑娘的故事，王子手持那闪闪发亮的水晶鞋跟赤脚的灰姑娘共舞；还有取自格林童话的白雪公主的故事，漂亮纯真的白雪公主和七个可爱调皮的小矮人共舞……

在这些演出中，开场白以及中间串场的角色，是游轮的艺术总监。瘦长的他穿一身笔挺的西装，一双略微向上翘的黑色尖头皮鞋，出语幽默，不时引发观众大笑。

最为精彩的，要算是冰上舞蹈。冰上舞蹈是在游轮的溜冰场表演，阶梯形的座位从三面包围溜冰场，另一面则是巨大的屏幕，两侧是演员进出场的门。那天晚上，我来到溜冰场晚了些，差不多已经满座，偶然见到第一排靠近演员进出场的门的那个角落有一个座位空着，就坐了下来。我很庆幸能够坐在第一排，拍照时没有障碍，虽说角度偏了些。溜冰场的冰层就在我跟前，却并没有寒气逼人之感，我只穿一件衬衫而已。

音乐响起，掌声响起，冰上舞蹈表演开始了。这是我第一次观赏冰上舞蹈。

冰上舞蹈与普通舞蹈不同的是在冰上进行，演员的滑行速度很快，视觉的刺激更为强烈。

冰上舞蹈

时而独舞，时而男女双人舞，时而十几位演员群舞，在冰上翩翩起舞；

时而旋转，时而跳跃，时而戛然而止，来了个精彩的造型；

时而倾斜身子几乎倒地，时而高高举起舞伴，双人舞不时出坐、靠、躺不同姿势……

优美的旋律，优美的舞姿，给观众美的享受。

冰上舞蹈演员不易，他们需要兼具舞蹈演员和冰上运动员的双重素质。舞蹈始终是在高速滑行的冰鞋上进行，瞬间万变，要求冰上舞蹈演员必须反应敏捷。冰上舞蹈演员还必须具备很强的乐感。我看到他们在冰上的舞步节奏与音乐的节拍完全吻合。

冰上舞蹈是融舞蹈、体育、音乐于一体的艺术，是花样滑冰的艺术化。我很高兴能够在游轮上欣赏如此高水平的美国冰上舞蹈节目。

给我印象深刻的，除了冰上舞蹈之外，还有一次是团体比赛游戏。我也是头一回参加和观摩这种美国式的团体比赛游戏。

团体比赛的场地，也是在溜冰场，只是已经把场地上的冰层去除，露出地板。正面依然是大屏幕，长方形场地三边的观众席呈"凹"字形的。近千游客，按照所坐的座位分为8个团队。每个团队有两名领队。

主持人依然是游轮的艺术总监。这一回他一身黑衣，黑色的尖头皮鞋闪闪发亮。他善于用风趣的语言营造欢乐气氛，调动观众情绪。

主持人出了一道又一道怪题，让各团队的游客参加游戏。

比如主持人说，谁有假牙？凡是有假牙的游客，就在第一时间从口中取下假牙，用纸巾包好，递给领队，领队又在第一时间奔向主持人。哪个团队反应快，领队第一个奔向主持人，哪个团队就获胜得分。

主持人总是出怪题。当他出了一道"男扮女装"的题目之后，各团队就有一位男士勇敢地站出来，而团队成员纷纷在现场给他提供口红、高跟鞋、女子服装、女子头巾甚至内衣。男子打扮之后，忸怩向主持人走去，抢先"报到"。主持人根据先后以及扮相给分。现场哄笑连连，很多观众笑弯了腰。

又如，主持人要求各团队出具备"特异功能"的人。于是出现五花八门的"特异功能"。

这些美国式的"特异功能"，很出乎我的意料：

有的人表演眉毛一左一右"跳舞"；

有的人即兴表演口技；

有的人表演斗鸡眼；

还有一位穿露肩衫的小姐在地上爬，学狮子走路，她的双肩骨隆起，颇像狮子走态……

差不多每一位"特异功能"的表演，都引起一番哄笑。

现场有电视摄影师进行拍摄。有的"特异功能"表演属于细枝末节，摄像师在现场来回奔走，通过摄像机用特写镜头呈现在大屏幕上，让观众看得一清二楚。有时还把精彩之处反复重放，令人捧腹。

这种团队仅是根据座位临时划分，很多游客彼此并不认识，却极其积极参与，这种团队精神令人感动。

在游戏中，美国人非常活泼、开朗，给我留下难忘印象。

游轮上的夜生活，使我大开眼界，更加深入了解美国社会。

由于美国拥有众多的游轮，于是就形成了一批"游轮艺术家"。在皇家加勒比游轮"海洋独立号"表演的这些"游轮艺术家"，其实并不一直住在"海洋独立号"，而是"走穴"式的。他们往往在游轮到达一个码头时下船，转到另一艘游轮上演出。他们的经纪人会仔细、精确地安排行程，使这些"走穴"于各游轮之间的艺术家们一直在不停地演出，以维持生计。这些在海浪上生存的艺术家们长期处于不安定的生活之中，而他们奉献的精湛表演却丰富了众多游轮游客的精神生活。

小"联合国"

走进"海洋独立号"游轮，就如同走进一个小"联合国"。诚如"海洋独立号"船长所言，他手下的1 000名船员，分别来自世界各地的55个国家。

前已写及，为我们服务的餐厅侍者艾伦等两人来自菲律宾。此外，餐厅的另一位黑人侍者告诉我，他来自美国。为我们的客房打扫卫生的留着小胡子的服务生，来自巴西。

其实，大型豪华游轮成为小"联合国"，是由于它的航行具有跨国性、跨洋性，所以船员与乘客具有国际性。

在"海洋独立号"游轮，我很少看见来自中国的船员。在11层的自助餐厅，我遇见一名姓张的来自中国的年轻服务生，他告诉我，在"海洋独立号"游轮上服务的中国船员有23名。

可惜船长没有提及这一航次的几千名游客来自多少个国家。

据皇家加勒比游轮公司报道，该公司另一艘游轮的加勒比海航次的游客统计数据如下：游客总共3 330名，分别来自38个国家。其中来自美国的有2 400多人，来自英国的有640人。排名第三、第四、第五的，依次为加拿大、巴西和阿根廷。这三个国家的旅客人数平均为40多人。

从这一统计数字可以看出，乘坐游轮前往加勒比海旅游的游客之中，将近四分之三（72%）是美国人。

在"海洋独立号"游轮，跟众多的美国人朝夕相处。美国人给我的印象是友善、热情、爽朗、爱开玩笑。大多数美国人偏胖。

好几位来自纽约的美国游客告诉我，他们"逃离"严寒中的纽约，到佛罗里达、加勒比海享受"夏天"的阳光。

大约由于加勒比海远离中国，在"海洋独立号"游轮上，我很少看见来自中国的游客，所以那些日子我大有"少数民族"之感。

偶然在看歌舞表演的时候，我看到后排有几位游客是黄皮肤、黑眼珠、黑头发。一问，他们是一家子，定居于美国北部城市波士顿。他们告诉我，波士顿积雪很深，到了加勒比海游轮，如同来到天堂。其实他们一家都加入美国籍，已经是美国公民了。

又有一回，我在游轮中堂遇见一位60岁模样的女士，她听见我们一家在用汉语聊天，主动过来跟我们打招呼。她告诉我，她是台湾人。我说，我的长媳也是台湾人，我走遍台湾22个县市。她一听，非常高兴，把我当成"老乡"。

她说，她姓李，生于台中，在台北上学，后来她嫁给"老美"，如今住在佛罗里达州的迪斯尼乐园旁。我说起前些天到过佛罗里达的肯尼迪航天中心，她说她的家离那里不远。她也已经是美国公民。其实，我的小儿子和儿媳同样是美国公民，所以持中国护照的，大约只有我和妻（也许还有少数别的中国籍游客，只是未被我见到）。

自从那次邂逅，居然在游轮里几度与她相遇。有一回，她穿了一件红色的露肩衫，正在中堂的一角与一位光头的穿红衬衫的美国人翩翩起舞。一支4个人的小乐队正在为他们伴奏。乐曲声止，他们舞毕。她介绍说，这位"老美"就是我老公。"老美"友善地跟我们一家打招呼，自我介绍说叫马克，在电脑公司工作。他是我小儿子的同行，所以很谈得来。

李女士要我们猜，到底是她的年龄大还是她的先生年龄大？看上去，她比先生年轻，而实际上她年长于先生，已经71岁。

她原本是护士，很注意保养，所以显得格外年轻。

李女士爱说笑话，她说马克婚后在她的影响下也"中国化"，喜欢吃豆腐。她的亲友来访，马克用很生硬的汉语对他们说，"我喜欢吃豆腐。"她的亲友先是惊奇，继而大笑，而马克不知他们笑什么。

她已经退休，而马克仍在上班。这次是趁先生休假，一起上了游轮。

她说，她和马克是皇家加勒比游轮公司的"金卡会员"。

我还不知道什么是"金卡会员"。原来，只要是多次乘坐这家公司的游轮，都可以成为"金卡会员"，积分算进金卡，下次乘坐就可以享受优惠。她和她先生已经是第三次乘坐了，而且她已经预订下一次乘坐皇家加勒比游轮公司游轮的船票，交了200美元的预付金。据说，游轮公司给予她这样的老乘客以很大的优惠。

我问，你每一次都来加勒比海，会不会游腻了？

她笑道，上游轮就是为了休闲，不会腻。在游轮上吃得好，睡得好，玩得好，值！在游轮上，像她与她先生那样的"老乘客"多得是。他们大都是美国各地的"退休族"，有闲又有钱，所以非常喜欢游轮这样的"慢旅游"：

乘坐游轮，全程只需要开一次行李、装一次行李；

乘坐游轮，不必到处寻找旅馆和餐馆；

乘坐游轮，没有急行军似的赶景点，有的是悠闲的散步……

不过，乘坐游轮未必都是老年人。世界游轮协会的统计数字耐人寻味：

在游轮游客中，有27%的人年龄在40岁以下，有45%的人在40~59岁，有28%的人超过60岁；

大约40%的游客是第一次参加游轮旅游；

有四分之三的游轮游客已婚；

游轮游客的家庭年收入比非游轮游客大约高20%。一般来说，他们外出旅行的次数也更多；

10%左右的游轮游客携带孩子；

只有1%左右的旅客是单独出游。

不过，在我看来，游轮旅游确实具有许多优点之外，也有明显的两大缺点：

一是慢，我已经在前面说及；

二是有很大的地域局限性，即只能在沿海城市旅游，无法深入内陆腹地。

新鲜并劳累着的服务生

在皇家加勒比游轮"海洋独立号"上，我注意到，尽管中国游客与船员属于"少数民族"但是相比而言，来自中国的船员反而比中国游客多。

"海洋独立号"上的中国船员23人这一数字，不仅11层自助餐厅姓张的中国服务生这么说，另一位也在这里工作的中国服务员缪小姐也是这么说。

我很想采访他们，以了解他们是怎样进入皇家加勒比游轮"海洋独立号"船员的行列，他们从事游轮服务员这一工作的感受。

自助餐厅的工作相当忙碌。一天趁缪小姐有点空的时候，我得以与她交谈。

她说，她来自南京，是"90后"。我说起不久前两次去南京，住在南京市中心的西康宾馆，那里原是汪精卫公馆，后来成为美国驻中华民国大使馆，解放后改为宾馆。她一听就显得很高兴，因为她家就在那里附近，而且她原本也在南京的宾馆工作。

她选择了来皇家加勒比游轮公司工作，是因为听了在游轮上工作朋友的介绍后，与船方联系。船方招聘的要求是英语流利，有宾馆工作经验，所以她一上船就能胜任工作。船方不招生手，不然要花时间培训。游轮最欢迎那些在五星级宾馆工作多年、英语流利的工作人员。

游轮上的工种很多，其中大量需要的是餐厅服务员和客房服务员。此外还有西餐各级厨师、酒吧调酒师、厨房杂工、幼儿看护、清洁工、行李员、免税店销售员，甚至还招聘摄影师。皇家加勒比游轮公司在中国多次招聘船员，所以也有中国船员。

我问她，在宾馆工作好，还是游轮工作好？

她回答说，比之于南京的宾馆，游轮工作可以接触世界各国的旅客，而且可以游览世界，对于开阔眼界、增加阅历和工作经验极好。她是瞒着父母去报考，被皇家加勒比游轮公司招聘之后才告知父母。父母总希望她早点成家，而且担心女孩子一个人在外工作。她说服了父母。

她来游轮工作没有多久，这是她的第二个航次。

两位来自菲律宾的餐厅服务生

游轮服务员在忙碌之余

我问起她在游轮上的工作情况。她说，每天做两个班，即早、晚餐或者中、晚餐，差不多是10个小时。游轮靠岸时，如果你不在班上，可以跟旅客一样下船游览。只是会很累，因为回来之后要马上上班，何况每天10小时上班本身就很累。即便如此，她还是尽量下船游览，毕竟这是很难得的旅游机会，她选择了在游轮工作，就因为游轮可以遍游世界。难怪我在上加勒比海的岛国旅游时，看见为我的房间打扫卫生的巴西服务生也在游客的队伍之中。

她说，下船游览的另外一个原因，是因为长期在船上工作和生活，太闷了。脚一踩上陆地，感觉就舒服多了。

我笑道，这叫"接地气"。

她也笑了。她说，她在自助餐厅做服务员，每天的自助餐都有不同特色，往往昨天是法国特色，今天是土耳其特色，明天是日本特色，使她熟悉各国不同的菜肴。她工作的团队中的船员虽然来自不同的国家，但是非常团结，彼此合作，可以称得上"黄金组合"。

她的工作岗位在11层，但是像她这样工作不久的船员住在游轮的最底层，即1层之下的两层。两人一个房间，上下铺。房间处在海面之下。

最紧张的日子是游轮回到始发港口。往往是这一批旅客在上午下船，结束了行程，而下午就要迎接新的一批旅客上船。那天要整理餐厅，装卸货物，而负责打扫房间的服务生则要迅速整理好房间，换上新床单、新枕套、新被套。

在游轮上工作，不仅每天要干10小时，而且没有双休日。我问，为什么工作时间这样长？

她说，这是与游轮公司签约时就明确规定的。签约期是6个月至8个

月。在签约期间，必须每天上班。结束之后，则可以回国休假一个多月，船方免费提供往返机票，这样她就可以回到南京家好好休息。

我记起在My Time餐厅，那两位菲律宾服务生也告诉我，他们的签约期也是6个月至8个月。期满时，如果他们希望去没有去过的航线，在回菲律宾之前，可以向皇家加勒比游轮公司提出申请改换到别的游轮上工作——前提是那艘游轮必须是皇家加勒比游轮公司的，而且那里的餐厅有空余的工作岗位。他们告诉我，他们曾经在皇家加勒比游轮公司的中国航线的游轮上工作，很快就要求调走。原因是中国游客几乎绝大部分只在11层的自助餐厅吃饭，不愿再加钱在My Time餐厅进餐。这么一来，他们的小费收入大为减少，所以他们喜欢在欧美航线上的游轮工作。

缪小姐说，到了5月份，欧洲气候转暖，这艘游轮就改跑欧洲航线，她期待随游轮去法国、英国、瑞典等许多国家。她还说，她在游轮中途抵达各国码头时下船，除了游览之外，还有一件事，那就是用当地的公用电话给家中打电话。游轮上不论上网还是用手机打电话，都很贵。

缪小姐爽朗而健谈，使我对船员工作有了了解。

在11层餐厅，我还结识了来自中国的服务员赵小姐。她来自山西。她对我说，"想念冬天"。

她怎么会"想念冬天"呢？

她来游轮工作已经5个月，一直在夏季的气温下工作。她跟缪小姐相反，她上船工作时，这条船原本跑欧洲航线。欧洲冷了，旅客少了，就改跑加勒比海航线。作为中国北方人，她"想念冬天"，其实也就是想念家乡。

赵小姐说，在欧洲的时候，游轮上客人很多，甚至满员，工作量很大。她说，游轮公司的本事真大，不知道用什么办法招来那么多欧洲游客。她因此到过欧洲许多国家。但是服务员忙于工作，下船游览非常匆促，不像游客那样有充裕的游览时间。她甚至记不清到过多少国家。不过，欧洲人很挑剔，动不动就要投诉服务员。遭到投诉的服务员，就要"走人"。

在游轮上当船员，工资高、可以周游世界，但是工作累，长期处于封闭环境之中。挑选这一具有新鲜感和挑战性职业的大多是年轻人，很多是大学刚毕业、打算出去闯天下的青年，往往干几年之后回国另谋发展。

能够适应长期在游轮上工作，而且积累了丰富经验的人，则逐步得到了提升，成为游轮的骨干，成为各部门的主管。

至于大型豪华游轮的船长、大副、二副，则是从具备航海专业高级职称、富有航海经验的人士中精心挑选，担此重任。

走访加勒比海岛国

加勒比海的海水是深蓝色的

世界最大的内海——加勒比海

　　乘坐皇家加勒比游轮"海洋独立号"在加勒比海游弋的那些日子，我仿佛生活在蓝色的世界。天是蓝的，海是蓝的。尽管海天一色，但是天空蔚蓝，加勒比海湛蓝。

　　极目海天，海阔天空。我不由得记起屈原"呵壁问天"，写下《天问》。

　　无人"呵壁问海"，也就没有《海问》。

　　其实，海洋，海洋，海与洋也是不同的概念。洋比海大，洋是海洋的中心部分。太平洋、印度洋、大西洋、北冰洋这四大洋构成世界海洋的主体，占海洋总面积的89%。海，则是洋的边缘，洋的附属，只占海洋总面积的11%。海是海洋靠近大陆的部分，内侧是大陆，外侧是大洋，中间以群岛、岛屿为界。

　　加勒比海(Caribbean Sea)便是如此。加勒比海位于大西洋西部边缘，处

加勒比海多椰子树

在北美洲与南美洲两个大陆之间。加勒比海的西部和南部与南美洲相邻，北面和东面为大西洋，以大安的列斯群岛和小安的列斯群岛这一连串的岛屿为界，说得更详细点，加勒比海南接委内瑞拉、哥伦比亚和巴拿马海岸；西接哥斯达黎加、尼加拉瓜、洪都拉斯、危地马拉、伯利兹和犹加敦半岛；北接大安地列斯群岛，东接小安的列斯群岛。

中国的四大海——南海、东海、黄海和渤海，属于太平洋的"边缘海"。加勒比海则不同，四周被大陆和群岛所包围，属于"内陆海"，又称内海。

加勒比海是世界上最大的内海。加勒比海东西长约2 735公里，南北宽805~1287公里，平均水深为2 491米。

加勒比海离中国非常遥远。从上海到加勒比海，不仅要横穿太平洋，还要横穿美国。加勒比海属于西四时区，上海属于东八时区，时差整整晚12小时（迈阿密则比上海晚13小时）。也就是说，上海是上午9时，加勒比海是晚上9时。上海在地球这一边，加勒比海在地球那一边。

大约由于加勒比海离中国太远，所以我对那里很陌生，很多中国人跟我一样也不熟悉加勒比海。加勒比海第一次引起广泛关注，那是在20世纪60年代初，以总统肯尼迪为首的美国与以苏共中央第一书记赫鲁晓夫为首的苏联之间，在加勒比海的古巴进行角逐。苏联要把导弹偷偷运进古巴，美国坚决

制止。这场差一点引发大规模战争的危机，人称"导弹危机"，又称"加勒比海危机"。那时候，加勒比海成了世界各国媒体上的高频词。

引起中国的80后、90后们对加勒比海的兴趣，恐怕是来自好莱坞大片《加勒比海盗》。2003年，好莱坞迪士尼电影公司推出的奇幻冒险大片《加勒比海盗》第一部，引起轰动。此后，在2006年、2007年、2011年又陆续推出《加勒比海盗》第二部、第三部和第四部。当《加勒比海盗》在荣获第79届奥斯卡金像奖、第16届MTV电影奖之后，在全世界掀起加勒比海热。

好莱坞大片《加勒比海盗》的上映，不仅在银幕上充分展现了加勒比海迷人的风光，而且娓娓讲述了狂野诡谲的加勒比海盗的传奇故事。折射了加勒比海往日的错综复杂的历史……

加勒比海历史的第一页，是印第安人书写的。

加勒比海的原住民是印第安人中的阿拉瓦克人（Arawak），又称加勒比族印第安人。在印第安语中，加勒比海的原意是"勇敢者"或是"堂堂正正的人"。

加勒比海历史的第二页，是哥伦布书写的。

哥伦布是意大利航海家。受西班牙国王的派遣，于1492年8月3日率船员87人，分乘3艘船从西班牙巴罗斯港出发。在横渡大西洋之后，于10月12日到达加勒比海东北的巴哈马群岛的圣萨尔瓦多岛。10月28日，到达加勒比海的古巴岛。此后，哥伦布又三次率西班牙船队，踏上加勒比海的海地岛、多米尼加岛、波多黎各岛、特立尼达岛、安提瓜岛等。哥伦布成为第一位发

加勒比海之岛

现加勒比海诸岛的欧洲人。

不过，哥伦布误以为自己到了亚洲。他看到当地原住民皮肤黝黑，以为到了印度，所以把加勒比海诸岛称为"西印度群岛"。

加勒比海历史的第三页，写着"殖民"两字。

加勒比海有着大大小小7 000多个岛和礁。自从哥伦布发现了加勒比海几个岛之后，欧洲的西班牙人、葡萄牙人、英国人、荷兰人、法国人、丹麦人和爱尔兰人都争先恐后前往加勒比海，纷纷在加勒比海的岛屿上建立殖民地。一时间，欧洲人在这里上演"瓜分"大戏，加勒比海的岛屿被插上各种各样的欧洲国家国旗。

加勒比海历史的第四页，写着"海盗"两字。

在欧洲各国抢夺加勒比海岛屿乱局之中，有人打起鬼主意。在他们看来，与其在加勒比海岛屿上建立农场赚钱，还不如抢劫加勒比海过往商船发横财来得省力。再说，加勒比海的岛屿东一个，西一个，容易隐蔽。于是，在16世纪，加勒比海成了海盗们的天堂。电影《加勒比海盗》，正是这一"天堂"的写照。

加勒比海历史的第五页，写着"独立"两字。

进入20世纪，加勒比海的乱局终于落幕，加勒比海沿岸国家纷纷挣脱殖民统治的桎梏，走上独立之路。

加勒比海岛屿多，因此拥有众多的沿岸国。加勒比海被称为"美洲的地中海"。然而地中海只有17个沿岸国，而加勒比海如今却有25个沿岸国及12个尚未独立的地区。所以环加勒比海的国家及地区达37个之多！

加勒比海历史的第六页，写着"联盟"两字。

加勒比海的国家和地区，分散在许许多多岛屿，这里一个，那边一个，各自为政，一盘散沙。

团结才有力量。联合才能发展。

1973年7月，4个加勒比海国家——巴巴多斯、圭亚那、牙买加、特立尼达和多巴哥签署《查瓜拉马斯条约》，决定于1973年8月1日正式建立"加勒比共同体"，迈出了联合、结盟的第一步。

需要提及的是，特立尼达和多巴哥共和国（Republic of Trinidad and Tobago）是一个国家，不是两个国家。特立尼达和多巴哥共和国位于加勒比海南部的中美洲，由两个主要大岛——特立尼达岛与多巴哥岛组成，所以国名叫"特立尼达和多巴哥共和国"。在加勒比海，还有几个这样的国家，比如这次我乘坐皇家加勒比游轮"海洋独立号"游览的"圣基茨和尼维斯"，还有"圣文森特和格林纳丁斯"。

加勒比海风光

　　1993年，加勒比共同体在巴哈马举行第14届首脑会议，会上决定以加勒比共同体为核心组建加勒比国家联盟，迈出联合、结盟的第二步。

　　1994年7月24日，25个加勒比海沿岸国家和加勒比海12个尚未独立的地区在哥伦比亚卡塔赫纳签署《加勒比国家联盟成立纪要》，正式宣布"加勒比国家联盟"成立。这是迈出联合、结盟的第三步。这12个尚未独立的地区分别是英国、法国、荷兰和美国的属地。

　　37个环加勒比海的国家及地区组建加勒比国家联盟，目的在于加强各成员国在政治、经济、文化、科学和社会等各个领域的合作，促进经济和社会发展，维护本地区在国际经济贸易组织中的利益，实现地区经济一体化，最终建立一个自由贸易区。

　　加勒比国家联盟正式成员共25个，拥有全部的讨论权和投票权。这25个成员，都是环加勒比海的独立国家——

　　　安提瓜和巴布达、巴哈马、巴巴多斯、伯利兹、哥伦比亚、哥斯达黎加、古巴、多米尼克、多米尼加共和国、萨尔瓦多、格林纳达、危地马拉、圭亚那、海地、洪都拉斯、牙买加、墨西哥、尼加拉瓜、巴拿马、圣基茨和尼维斯、圣卢西亚、圣文森特和格林纳丁斯、苏里南、特立尼达和多巴哥、委内瑞拉

　　此外，还有5个联系成员。这5个成员拥有一定的讨论权，以及同本身

直接相关议程的投票权。这5个联系成员，实际上是7个尚未独立的地区：

荷属阿鲁巴

荷属库拉索

荷属圣马丁

法国（代表法属圭亚那、法属瓜德罗普和法属马提尼克）

英属特克斯与凯科斯群岛

除了这7个尚未独立的地区之外，加勒比海沿岸还有5个尚未独立的地区

英属开曼群岛

英属安圭拉

法属圣马丁

荷属安的列斯

美属维尔京群岛

还应提到的是，加勒比海的波多黎各，是美国的自由邦。

加勒比国家联盟总部设在特立尼达和多巴哥首都西班牙港。

加勒比国家联盟总面积达五百多万平方公里，人口超过2亿，年国民生产总值达5 000亿美元，对外贸易额1 800亿美元。

"一岛两国"的传奇

天苍苍，海茫茫。

皇家加勒比游轮"海洋独立号"驶离劳德代尔堡之后，便在苍茫大海之中向南行进。由于大西洋与加勒比海之间，没有"界碑"，沿途一直是海连天，天连海。

上游轮之后的第二天晚上，当我看完节目回到客房，看到服务生在茶几上放了一张船方的通知：请把时针朝前拨一小时。

我明白，这意味着游轮已经从大西洋进入加勒比海东北部。这里与劳

巨大的游轮停靠在荷属圣马丁

德代尔堡、迈阿密时差一小时。这也意味着，我此时比上海的时间整整晚12小时。

船方的通知还写着，明天7时早餐，8时抵达Saint Martin Island，即圣马丁岛。这是我此行游览的第一个加勒比海的海岛。

圣马丁还不是一个独立的国家，是荷兰的属地。圣马丁的全称是"荷属圣马丁海岛领地"。圣马丁原为荷属安的列斯辖下的五个岛区之一，如今是荷兰王国的自治国。

圣马丁位于迈阿密的东南，距离迈阿密1 200多英里（2 000多公里）。

由于时针朝前拨了一小时，意味着明天我要在劳德代尔堡时间早上5时要起床。

翌晨，我在游轮11层自助餐厅吃早餐的时候，在朦胧的晨曦中，透过舷窗，看到远处隐隐约约有一片黑绰绰的陆地。这时候的我，仿佛体会到那些在大洋上长期远航的海员们看到陆地时的兴奋心情——虽说我只在海上航行了两天两夜。匆匆吃过早餐，便上了甲板，看到前方有一大片陆地，更准确地说，是几座葱绿的山。

近了，近了，圣马丁岛已经近在眼前。

游轮到达圣马丁岛的菲利普斯堡（Philipsburg）港。这里是深水良港，码头上已经泊了一艘大型豪华游轮。我细细一看，远处还泊着两艘大型豪华游轮。以每艘载客2 000人计算，这就意味着有8 000游客同时到达这么一座小岛。

菲利普斯堡是荷属圣马丁的首都。令人不解的是，码头上竟然飘扬着三面不同的国旗，这三面国旗都是由红、蓝、白三色组成。

第一面旗帜上红下蓝，左方楔入白色三角形。这是我没有见过的国旗。在游轮即将到达圣马丁的时候，游轮的船头也升起这样的国旗。不言而喻，这就是游轮抵达国——荷属圣马丁国旗。

在荷属圣马丁国旗的白色三角中央，是荷属圣马丁国徽：

荷属圣马丁国徽上方是太阳和鹈鹕，中间是飞利浦堡法院外形、桂花、纪念碑，下方绶带写着"SEMPER PRO GREDIENS"，这是拉丁文，意即"永远前进"。

第二面旗帜是自上而下红、白、蓝三色横条国旗。我去过荷兰，认得这是荷兰国旗。圣马丁作为荷兰王国属下的自治国，悬挂荷兰国旗也是理所当然。

第三面旗帜是自右至左红、白、蓝三色竖条国旗。那是很熟悉的法国国旗。

不过，法国国旗与荷兰国旗的差别仅在于一纵一横，很容易混淆。

法国国旗怎么会飘扬在荷属圣马丁岛上空？

正是这面法国国旗，引出关于圣马丁的诸多历史故事。

这是"两国一岛"的标志性画面。右起：荷属圣马丁国旗、荷兰国旗和法国国旗。其中荷兰国旗和法国国旗两者的区别就是一横一纵

这三面一起飘扬的国旗，恰恰是圣马丁奇特的政治生态的缩影。我在游历了圣马丁之后，方知圣马丁乃"一岛两国"——分属于荷兰与法国。

圣马丁岛面积为87平方公里，是世界上最小的被两个国家分治的海岛。岛的南部，是荷兰的海外领地，面积为34平方公里，占全岛面积的39%；岛的北部，是法国的海外领地，面积为53平方公里，占全岛面积的61%。虽然就面积而论，圣马丁岛上法国的海外领地要比荷兰的海外领地大得多，但是就人口而言，两者差不多，都是3万3千多人。圣马丁岛的总人口，不足7万。

圣马丁的居民以黑人为主。正因为这样，我在圣马丁见到汽车司机、建筑工人、商店售货员、环卫工人、中小学生，几乎都是黑人。

法属圣马丁的首都是马里戈特（Marigot）。

荷属圣马丁与法属圣马丁之间，并无通常那种用铁丝网围起来的国境线，也无边境检查站。汽车、行人在两国领地之间通行无阻。这里是用特殊的"界碑"，区分两国——在分界处竖立一个牌子，两面写着不同的文字：

写着"Welcome to Sint Maarten"，意味着牌子后面是荷属圣马丁，因为荷兰文中圣马丁写作"Sint Maarten"；

写着"Welcome to Saint Martin"，意味着牌子后面是法属圣马丁，因为法文中圣马丁写作"Saint Martin"；

顺便提一下，圣马丁的英文名字为Saint Martin，与法文相同。

小小一个海岛，居然有两个首都。圣马丁"一岛两国"的历史，其实折射了加勒比海曲折的历史。

圣马丁岛的原住民是印第安人中塞米诺尔人。不过如今在圣马丁岛上，已经没有塞米诺尔人的踪影。圣马丁岛上到处可以看到黑人，黑人不是圣马丁岛的原住民，而是当年被殖民者作为农奴从非洲运来的，从此黑人在圣马丁岛落地生根。

第一个发现圣马丁岛的西方人，是航海探险家哥伦布。他在率西班牙船队第二次横渡大西洋时，于1493年11月11日发现了这个小岛。哥伦布是天主教徒。在天主教中，11月11日是圣人都尔·圣马丁（San Martin of Tours，316~397）的纪念日。都尔·圣马丁是四世纪法国都尔的主教。都尔曾经是法国首都。哥伦布就用圣马丁来命名这个小岛，尽管当时哥伦布并未登上这个小岛。从此，这个小岛就叫做圣马丁岛。哥伦布声称圣马丁岛属于西班牙——虽说只是名义上的宣布而已。

此后，圣马丁岛依然保持昔日的平静。

1631年，荷兰人进入圣马丁岛，设立了定居点。法国人、英国人接踵

在法属圣马丁海滨，一座建于2007年的鹈鹕纪念碑

荷属圣马丁的海豚纪念碑

而来，也在圣马丁岛上着手建立定居点。这下子引起西班牙的关注，在1633年占领了圣马丁岛，赶走了荷兰人、法国人、英国人。

荷兰人、法国人、英国人并不甘心。5年之后，法国人把西班牙人赶走，夺得圣马丁岛。荷兰人也卷土重来，攻入圣马丁岛南部，与法国人厮杀起来。

荷兰人与法国人势均力敌，不得不坐下来谈判。1648年，荷兰与法国在圣马丁岛的协和峰上签订和约，决定划界而治，实行"一岛两国"。

关于如何划分界线，在圣马丁岛有过有趣的传说：

法国和荷兰的军队在岛东面的牡蛎塘集结，然后沿着海岸线反向行进，再到最后碰头的地方，以此确定两国边

137

界。传说出发前的仪式上，荷兰人喝了杜松子酒和淡啤，法国人喝了康杰白兰地和白酒。法国人因此酒劲十足，比荷兰人兴奋得多，跑得快，结果占得地方也大些。

又有传说荷兰人被一个法国少女迷住了，浪费了不少时间，结果占得地方少。

在圣马丁岛的协和峰上，在当年签署和约的地方，我看到矗立着一个方尖碑，上面刻着"1648~1948"。这个纪念碑是在协和峰和约签订300周年的时候，由荷兰与法国共同修建的。纪念碑旁，如今飘扬着四面旗帜：圣马丁国旗、荷兰国旗、法国国旗以及欧盟旗帜。

其实，在协和峰和约签订之后的300年间，荷兰与法国依然是"三天一小吵，七天一大吵"，争执不断，摩擦不断。据说两国曾经16次重新修改边界。当荷兰与法国两国军队在圣马丁岛上打得不可开交的时候，一直在一旁觊觎圣马丁岛的英国军队突然发动袭击，夺取全岛。这时候荷兰与法国不吵了，联合对付英国，终于把英国军队赶出圣马丁岛。

直到1948年，荷兰与法国在圣马丁岛这才实现了和平共处，共同修建了协和峰和约签订300周年纪念碑。

于是，在我登上圣马丁岛的时候，看到了圣马丁国旗、荷兰国旗、法国国旗三旗并立的一幕。

自驾游圣马丁

在皇家加勒比游轮"海洋独立号"驶近圣马丁岛的时候，云层很厚，灰蒙蒙的，我担心天气不佳。到了泊岸之后，云开日出，蓝天白云，好天！

两艘大型豪华游轮并列于荷属圣马丁首都菲利普斯堡的码头栈道两侧，形成一条"弄堂"。数以千计的游客下船，浩浩荡荡地从"弄堂"里走出。

参加游轮旅行，游轮只负责把旅客送到中间的停靠点。至于上岸之后怎么旅行，要靠旅客自己安排。我看到长长的旅客队伍进入菲利普斯堡后开始分化：一部分是游轮的老乘客，已经来过圣马丁岛，他们大都在菲利普斯堡码头附近走走，累了、饿了就上船。

大部分旅客参加当地的旅游团，乘坐大巴士，环游圣马丁岛。在下船之前，可以在游轮5层的总台购票，也可以下船之后在码头向当地旅行社买票。

我们没有参加当地的旅游团。儿子、儿媳是第二次乘游轮游加勒比海，已经有了经验。他们说，还是自驾行好，爱在哪里游览，就在那里停下，而且停多少时间由自己掌握。于是在下船之后前往租车公司租车。还好，那里有空余的车。我们租了一辆白色的丰田轿车，租车费一天80美元，汽油费20美元。就这样，一张圣马丁岛地图，一个GPS，一辆轿车，我们开始了自由自在的圣马丁环岛之旅。

在圣马丁岛，法属区讲法语，荷属区讲荷兰语，两区都通用英语。这里的货币是欧元，但是美元用起来更方便。

我们先是游览圣马丁岛南部的荷属圣马丁。虽说荷属圣马丁的面积比法属圣马丁小，但是荷属圣马丁拥有菲利普斯堡深水港，修建了游轮码头、商店、旅馆、餐厅、赌场，旅游业发达，人气很旺，显得非常繁华、热闹。

我随手而拍的一张菲利普斯堡码头照片，一字儿摆开四艘大型豪华游轮。

在菲利普斯堡街上，可以看到各种打扮的旅客在拍照，在购物。我很高兴在这座小岛上见到中文招牌——"翡翠百货"和"时尚的艺术"。真是走遍天涯海角，到处有华人的踪迹。

圣马丁岛随处可见迎风摇曳的椰子树。这个小岛出产盐、棉花、甘蔗和牲畜，还有酒。旅游业和渔业是支柱产业。

在菲利普斯堡海滨，我看到两座纪念碑。

圣马丁岛的公路

圣马丁岛的教堂　　　　　　　　　　　　　　　艾伯特

　　其中一座矗立在菲利普斯堡海滨最醒目的位置，尤其是在后面那座浅黄色的大楼衬托之下，那黑色的全身雕像更加突出。从底座上的铭牌得知，这是艾伯特·克劳德·沃西博士（Dr.Albert Claudius Wathey，1926~1998）的雕像。

　　艾伯特·克劳德·沃西博士祖籍比利时，出生在加勒比海圣马丁岛。1954年当选荷属安的列斯群岛的议会议员。他领导荷属圣马丁人民的独立运动，遭到荷兰当局的迫害以致被捕入狱。他在1998年1月去世时，圣马丁的独立运动仍然没有获得胜利。在2010年10月10日，荷属圣马丁终于成为荷兰王国的自治国——虽然荷属圣马丁至今还没有成为真正的独立国家，但是获得自治国地位，毕竟是朝着完全独立迈出重要的一步。正因为这样，艾伯特·克劳德·沃西博士受到荷属圣马丁人民的尊敬，称他为"圣马丁独立之父"。

　　另一座纪念碑一望而知，5只青铜海豚向上飞跃。圣马丁岛附近海域多海豚。

　　荷属圣马丁不仅拥有菲利普斯堡深水港，而且还拥有朱利安娜公主机场（Princess Juliana International Airport）。这是个相当繁忙的国际机场，每年的进出旅客达200万人次。这个机场始建于1942年，当时朱利安娜公主是荷兰王位的接班人，所以用她的名字命名。

　　荷属圣马丁朱利安娜公主机场不仅名扬加勒比海，而且闻名世界。朱

客机低飞降落在圣马丁岛朱利安娜公主机场

利安娜公主机场本身，是一个平平常常的海岛机场。众多的旅游者欲一睹朱利安娜公主机场，是为了目睹飞机如何降落在这个机场上。

圣马丁本来就是一个小岛，何况岛上还有许多小山，所以"螺蛳壳里做道场"，难为了这个机场。与朱利安娜公主机场一路之隔（也就是相距不到10米），就是叫做玛侯（Maho）的度假海滩。那里游客众多。朱利安娜公主机场的主跑道长度只有2 180米，因此飞机在下降时不得不从玛侯沙滩上低空掠过，离海滩的高度只有10~20米。有人笑称，如果在那里举行沙滩排球赛，排球都可以碰到飞机的腹部！

这么一来，玛侯沙滩成为观光的著名景点。我来到那里的时候，见到许多游客聚集在沙滩的一端，手持照相机，静候飞机降落那一刹那。拍照的人太多，我无法挤到前面去，但是也拍到了客机在低空飞翔的照片。

当美国有线电视新闻网（CNN）旅游版在评选世界上最惊险的机场跑道时，朱利安娜公主机场名列前茅。

客机在降落时掀起的狂风，常常使海滩上的游客站都站不稳。尽管当地政府在海滩上竖立了警示牌子，但是喜欢寻找刺激的游客却以此为乐。也有人开玩笑说，在飞机即将降落时，倘若从飞机上跳下去，就成为精彩的跳水表演——直接落进湛蓝的海水之中，开始在圣马丁度假。

圣马丁岛四周是海，海滩一个挨着一个，全岛有37个海滩。岛上也有湖。岛的中央是山。我们的白色丰田轿车从荷属圣马丁向北，开始上山。这时公路两侧不再是椰子树，而是一丛丛仙人掌。越过岛中央的协和峰，

山下是法属圣马丁的首都马里戈特

刚刚翻过山头，顿时豁然开朗。我看到山下海滨有着一幢幢红色屋顶的别墅，或者有几幢高楼。那便是法属圣马丁的首都马里戈特。

跟荷属圣马丁相比，法属圣马丁的人气没有那么旺，但是这里豪华别墅星罗棋布于山间、海滨，显得宁静、高雅。这里是圣马丁岛上的富人区，不少来自欧洲、尤其是来自美国的富豪，不张扬地在法属圣马丁置产、度假。

我注意到，荷属圣马丁码头的大型游轮多，而法属圣马丁码头的私人游艇多。这便是两者最典型的差别。

我漫步在法属圣马丁的首都马里戈特，那里的大型商场里有玻璃顶篷，有宽大的铜扶手的楼梯，中庭有高大的青铜雕像，名牌商品专卖店一家挨着一家。这与荷属圣马丁码头出售低廉商品的商店形成鲜明对照。

在法属圣马丁首都马里戈特海滨，一个特殊的纪念碑引起我的注意。在一个向前弯曲的水泥柱顶端，有一群正在展翅飞翔的鸟的铜雕。只是由于在潮湿的海风侵蚀之下，铜雕表面已经长了铜绿（即碱式碳酸铜）。这些鸟有着长着长长的嘴。看了纪念碑下的白色大理石铭牌，方知那些鸟是褐鹈鹕（Pelecanus occidentalis）。

世界上共有8种鹈鹕，其中体形最小的是褐鹈鹕，生活在圣马丁岛一带，所以成了圣马丁的象征。荷属圣马丁的国徽、国旗上，便有褐鹈鹕的图案。鹈鹕嘴形宽大直长，上嘴尖端朝下弯曲，呈钩状，捕食鱼类为生。

在20世纪60年代，由于大量使用农药DDT，鱼吃了含有DDT的草，褐鹈鹕吃了含有DDT的鱼，导致褐鹈鹕的蛋壳变薄，在孵化时易碎裂，造成褐鹈鹕的数量迅速减少。虽然后来禁用DDT，但是圣马丁岛的游客越来越多，骚扰了褐鹈鹕的生存环境。这样，法属圣马丁在2007年建立这座褐鹈鹕纪念碑，以警示人们爱护褐鹈鹕。

我们离开马里戈特，来到法属圣马丁西北角的格兰德凯斯（Grand Case）。那是一个宁静的小渔村。我偶然看到Chinese Restaurant（中国餐馆）的招牌，很惊讶，在这么偏僻的地方，居然也有中国人的踪迹。停车之后，便进入这家中国餐馆，墙上挂着画家陈逸飞的油画《吹笛女子》的复制品，还有巨大的中国折扇，令我感到亲切。那里的老板李先生，理着平头，穿蓝白横条的短袖海魂衫，见到我们一家，显得非常高兴。他说，在这里难得见到中国客人。他从中国浙江来此已经20多年，过着平静的生活。我看到餐馆里的客人全是黑人，其中很多是黑人中小学生，问起当地人是否喜欢中国菜。他说，他的餐馆主要供应中国盒饭，所以附近中学、小学的黑人学生把这里当成食堂一样。他的餐馆也供应炒菜。法属圣马丁到处是西餐馆，他这中餐馆是一花独放，所以也很受"老外"们欢迎。也正因为这样，他和他的太太才会在这里干了这么多年。

李先生说，圣马丁"一岛两国"，法属圣马丁与荷属圣马丁有着明显的差别。荷属圣马丁很热闹，游客多。这里则以高级住宅区居多。正因为这样，旅游大巴从来不到这里来。他说，在这里很少见到你们这样自驾游的中国客人。

在法属圣马丁的东部，那里的东方海滩（Orient Beach）是圣马丁岛37个沙滩中最出名的一个。东方海滩的出名，固然是因为那里的风景格外

圣马丁岛色彩艳丽的住房

优美，更是因为那里有着"天体海滩"。法国人把法国式的浪漫带到了这里。在东方海滩的东南部与西北部之间，有一道石头垒起来的界线。东南部是"天体海滩"，西北部是"非天体海滩"。

当我们从北部法属圣马丁回南部荷属圣马丁时，依然要翻过山头。在山顶，我们停车拍照，刚拍完照片，一阵暴雨袭来，赶紧躲进车里。车至山下，才几分钟，就雨过天晴了。加勒比海的海岛上，天气变化就是如此之快。我庆幸在圣马丁游览时，大部分时间是蓝天白云，天蓝盈盈的，纤云朵朵，增加了照片的美感。

回到荷属圣马丁的菲利普斯堡，给租车加满油，还给了租车公司。这里的汽油价格高于美国。时间尚早，我在菲利普斯堡码头漫步，游览那里的老街（Old Street）。

直到下午四时多，这才告别圣马丁岛，上了游轮。

当皇家加勒比游轮"海洋独立号"徐徐离岸时，我站在12层的甲板上，这时候是拍摄圣马丁岛远景的好机会。

在这里，我摘录荷兰王国圣马丁自治国的国歌《可爱的圣马丁大地》的第一段，表达对圣马丁岛的喜爱之情：

> 在世上的什么地方，
> 能找到这样的海岛，
> 娇小美丽民族友善。
> 法裔荷裔都是同胞，
> 英语交流和谐共处，
> 就是海上圣马丁岛。
>
> 可爱的圣马丁大地，
> 亮丽的沙滩和海滨，
> 水手在海港中穿行，
> 山清水秀连绵不绝，
> 阳光灿烂多彩多姿。
>
> 啊！我热爱的天堂，
> 自然美丽优雅愉快。
> 啊！我热爱的天堂，
> 自然美丽优雅愉快。

"两岛一国"·惊叹号

皇家加勒比游轮"海洋独立号"在离开了圣马丁岛之后，经过一夜的航行，第二天又是一个好天，清早朝霞像火焰一样。就在这个时候，前方出现两个岛屿——圣基茨岛和尼维斯岛。

圣马丁岛是"一岛两国"，而圣基茨和尼维斯恰恰相反，是"两岛一国"。这两个岛组成一个国家，叫做"圣基茨和尼维斯联邦"(The Federation of Saint Kitts and Nevis)。

还有一点跟圣马丁岛不同，圣马丁岛上不论是荷属圣马丁还是法属圣马丁，迄今都不是独立的国家，而圣基茨和尼维斯联邦是正儿八经的独立国家，是联合国的成员国。

圣基茨和尼维斯联邦的总面积是267平方公里，其中圣基茨岛大，174平方公里；尼维斯岛小，93平方公里。

从地图上看，圣基茨和尼维斯像惊叹号"！"，圣基茨岛的形状像"！"的上半部，而尼维斯岛像下半部的"•"。

欢迎来到圣基茨

欢迎来到圣基茨

　　也有人说，圣基茨和尼维斯像棒球的棒和球，圣基茨岛的形状像棒，而尼维斯岛像球，称之为"棒球之国"。

　　圣基茨和尼维斯联邦旅游局真会"做文章"，提出一句形象而动人的广告语："两个岛屿，一个天堂。"

　　这"棒球之国"虽小，却在"棒"与"球"之上，各有一个机场。圣基茨岛上的机场有着诸多国际航线，而尼维斯机场则有飞往美国以及加勒比海许多国家的航线。

　　圣基茨和尼维斯位于东加勒比海背风群岛北部，在波多黎各与特立尼达和多巴哥之间，西北是荷属安的列斯的萨巴岛和圣尤斯特歇斯岛，东北是巴布达岛，东南为安提瓜岛。圣基茨和尼维斯联邦除了拥有圣基茨和尼维斯两个较大的岛之外，还有一个桑布雷罗岛，那是无人居住的石灰岩荒礁。尼维斯岛位于圣基茨岛东南3公里处，两者相隔一个狭窄的海峡，名字就叫做"窄堑"（The Narrows），又音译为纳罗斯海峡。

圣基茨和尼维斯在迈阿密东南约2 100公里的地方。

圣基茨和尼维斯联邦的首都是巴斯特尔。巴斯特尔港是深水港，往来于加勒比海的大型豪华游轮，很多在这里停靠。

按照国际惯例，皇家加勒比游轮"海洋独立号"在驶近圣基茨和尼维斯联邦的时候，挂起了圣基茨和尼维斯联邦的国旗。

圣基茨和尼维斯联邦国旗呈长方形，长宽之比为3:2。给我最鲜明的印象是，一条带黄边的黑色宽带自左下角贯穿至右上角，上面有两颗白色五角星，象征圣基茨岛和尼维斯岛，象征"两岛一国"。在国旗的左上角和右下角分别为两个相等、对称的三角形。左上为绿色，右下为红色。据称，绿色象征绿色大地，红色象征独立后国家的新生，黄色象征阳光，黑色象征这个岛国主要是黑色人种。

旅游是圣基茨和尼维斯联邦的支柱产业，所以很注重"包装"自己。当皇家加勒比游轮"海洋独立号"驶近圣基茨岛巴斯特尔港时，我看到离岸500米左右的海面上，停泊着一艘古色古香、非常漂亮的五桅帆船。

帆船是圣基茨和尼维斯联邦标志性形象之一，画进了国徽之中。在圣基茨和尼维斯联邦国徽上，不仅左右各有一只当地常见的褐鹈鹕，用两朵红花表示"两岛一国"，用椰树和甘蔗象征丰富的物产，而且正中下方有一艘帆船。在灰绿色的饰带上，用英文写着"COUNTRY ABOVE SELF"，意即国家至上或者国家高于个人。

圣基茨和尼维斯联邦为什么把帆船画进国徽呢？

那是为了纪念1493年哥伦布率西班牙帆船船队登上圣基茨岛。当时，哥伦布第二次航行美洲，发现这座风景美丽的小岛，非常喜欢，便以自己的名字前加一个"St."（St. 是saint，中文译为"圣"）命名，即St. Christopher，中文音译名为"圣克里斯托弗"——哥伦布的全名是Christoforo Columbus，即克里斯托弗·哥伦布。于是这个小岛从此就被称为圣克里斯托弗。哥伦布又给另一个小岛命名为Nieves，即尼维斯，西班牙语原意为"雪"岛——当时小岛上长满白色野花，看上去像白雪。

西班牙人只是在两个小岛上转悠了一下，帆船船队就离去了。

1623年，由托马斯·沃纳爵士率领的一批英国船队登陆圣克里斯托弗岛，在西南海岸建起英国在西印度群岛的第一个殖民点，并把这个岛简称为"圣基茨"。从此，圣基茨成为英国殖民地。

英国殖民者以圣基茨岛为基地，向加勒比海西印度群岛扩张势力，占领了一个又一个岛屿。正因为这样，英国人称圣基茨为"西印度群岛殖民地之母"。

抵达圣基茨巴斯特尔港

圣基茨的纪念碑

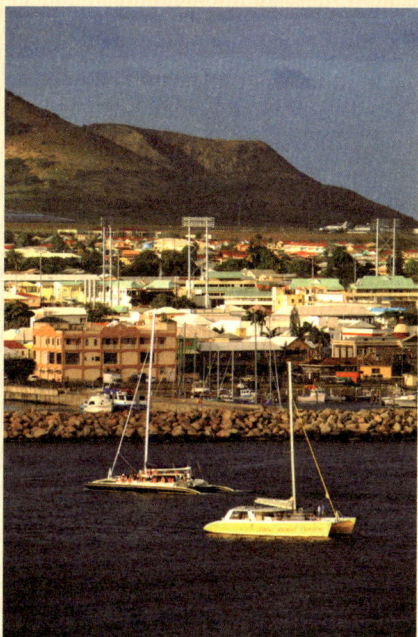

圣基茨巴斯特尔港

　　法国人也看中圣基茨岛。在英国人占领圣基茨岛的翌年——1624年，法国人占领圣基茨岛的南北两端，建立"法属圣克里斯托弗殖民地"，并于1627年在圣基茨岛西南岸建立巴斯特尔市作为首都。法国军队企图占领全岛，受到英国军队的坚决抵制。

　　1628年英国人占领了尼维斯岛。

　　从1766年至1782年，英、法殖民者激烈争夺圣基茨岛，一度发生战争。

　　1783年9月3日，美国和英国在巴黎附近的凡尔赛缔结和平条约，即《美英凡尔赛和约》。英国承认美国完全独立。《美英凡尔赛和约》还涉及英国在加勒比海的利益，承认圣基茨岛、尼维斯岛等岛属于英国。从此确立圣基茨岛、尼维斯岛为英国殖民地。

　　1882年，英属圣基茨岛和尼维斯岛同英属安圭拉岛，合为一个行政单位，称"圣基茨－尼维斯－安圭拉"。

　　1958年至1962年，"圣基茨－尼维斯－安圭拉"成为英属西印度联邦成员。

　　1967年5月，安圭拉宣布同圣基茨和尼维斯分离。

　　1983年9月19日，圣基茨和尼维斯宣告独立，定国名为"圣基茨和尼维斯联邦"，又称"圣克里斯托弗和尼维斯联邦"。

圣基茨和尼维斯联邦为英联邦成员国。圣基茨和尼维斯联邦宪法规定："英国国王是国家元首，由英国国王任命的总督（必须是当地公民）代表；立法权属于议会；行政权属于女王，由总督直接行使或通过其下属官员行使；内阁是主要的行政机关，负责对国家事务的总体领导和管理；尼维斯岛享有充分的自主权，设尼维斯岛议会和尼维斯岛政府，并设副总督和总理。"

也就是说，"两岛一国"的"圣基茨和尼维斯联邦"，有一位总理统管两岛，而英国在圣基茨设总督，在尼维斯设副总督。

"圣基茨和尼维斯联邦"虽为独立国家，实际上是英国、圣基茨、尼维斯"三位一体"。正因为这样，在"圣基茨和尼维斯联邦"国徽的上方，有一支由3只手臂高擎的红色火炬，便象征着"三位一体"。

对于圣基茨来说，1493年哥伦布率西班牙帆船船队登上圣基茨岛，是一件划时代的历史事件。正因为这样，飘浮在圣基茨巴斯特尔港海面上的那艘大型五桅帆船，是一座海上纪念碑。

这艘五桅帆船是仿照1895年德国"波托西（Potosi）号"五桅大型帆船建造的。"波托西号"是古典西洋帆船中的代表。当来往船只出入圣基茨巴斯特尔港时，见到这艘大型五桅古典西洋帆船，都不由得记起哥伦布，记起圣基茨岛的历史。

当我登上圣基茨岛之后，站在那里的海滩上，透过一顶顶鲜黄色的沙滩伞观赏正前方的这艘大型五桅古典西洋帆船，也仿佛有一种穿越时光隧道回到中世纪的感觉。

环游圣基茨

皇家加勒比游轮"海洋独立号"在圣基茨巴斯特尔港徐徐靠岸。我看到码头栈桥的一侧，已经停泊着一艘大型豪华巨轮，船头写着"SILHOUETTE"。那是精致游轮公司的"嘉印号"游轮，平时跑地中海航线，而在冬天跑加勒比海航线。船舷上有一个巨大的蓝色的"X"，据称英文单词"奢侈"（luxury）中间的那个"X"，亦即豪华之意。

这样，当皇家加勒比游轮"海洋独立号"到达时，与"嘉印号"游轮并肩而立，又形成了一条长长的"弄堂"。

踏上圣基茨的巴斯特尔码头，迎面就是一座类似于北京三座门那样的有着三个拱形门的海关，绿屋顶，鲜黄色外墙。那里飘扬着圣基茨和尼维斯联邦国旗，写着"WELCOME TO ST. KITTS"（欢迎来到圣基茨），给人以亲切感。过关很简单，连护照都不用出示，我出示游轮一卡通就过关了。

原本在圣基茨也打算租车，自驾游毕竟自由自在，但圣基茨曾经是英国殖民地，沿用英国的右驾左行交通规则，与美国、中国的交通规则相反。儿子、儿媳担心一时不习惯右驾左行交通规则，不敢在这里开车。英国是特立独行的国家。在欧洲，所有欧洲大陆的国家都实行左驾右行交通规则，唯有英国与众不同。正因为这样，在荷属圣马丁和法属圣马丁，都是左驾右行。如今在世界上，除了英联邦国家以及日本之外，绝大多数国家实行左驾右行交通规则。南非以及中国香港曾经是英国殖民地，所以沿用右驾左行交通规则。

我们改为乘坐当地的10座中巴旅行车，每人20美元，由黑人司机驾车。这里的货币是东加勒比元（EC＄），但是美元在这里通行。

在街上，我看到除了游客之外，往来行人几乎都是黑人。圣基茨和尼维

两船并立

圣基茨

斯联邦是一个小国，总共只有5万多人。巴斯特尔作为首都，人口1.3万。

占圣基茨和尼维斯联邦总人口94%的是黑人。这些黑人是当年英国、法国殖民地从非洲运来作为奴隶的黑人的后裔。英国、法国、葡萄牙和黎巴嫩裔的白人，约占6%。

圣基茨常见旅人蕉

圣基茨和尼维斯联邦的官方语言是英语。

圣基茨和尼维斯联邦的居民多为圣公会教徒，因为英格兰以圣公会为国教。圣公会是基督新教三大主流教派之一。也有少数是天主教徒，这是受法国的影响。

圣基茨和尼维斯联邦首都巴斯特尔，是1627年由法国人建立，一派法兰西建筑风格，相当优雅，但是大都是木结构建筑。后来被英国占领。1831年至1843年间，一连串的地震和飓风，给巴斯特尔沉重的打击。接着，1867年一场大火，彻底烧毁了巴斯特尔。如今的巴斯特尔是在火灾之后沿着海岸

罗姆尼花园

重建的。在1979年，巴斯特尔又遭受特大飓风袭击，损失惨重。此外，巴斯特尔还曾多次受到地震、海啸的折腾，可谓多灾多难。

在巴斯特尔，我没有见到高楼。临街大部分是两层楼房，往往底层开设商铺，楼上住家。很多屋顶铺着红色瓦片。

圣基茨和尼维斯属热带雨林气候，在巴斯特尔到处可见高高的棕榈树和椰子树。另外，还有一种常见的热带植物，有10来米高，看上去像一把打开的绿色折扇，又像开屏的孔雀尾巴。那就是旅人蕉。这种热带植物原产于非洲马达加斯加岛，是一种常绿乔木状多年生草本植物。据称，旅人蕉耐干旱，能够在缺水的沙漠顽强生长。倘若在旅人蕉叶柄底部划一个口子，便有清水涌出，解旅人之渴，故得名旅人蕉。

我注意到，圣基茨很多古老的建筑，是用深灰色的长方形石块建造的，有一种天然的庄重感。圣基茨的两大历史性建筑，即硫磺石山要塞和圣乔治教堂，都是英国人建造的。那长方形石块，是火山石。圣基茨和尼维斯是两个火山岛，这种火山石俯拾皆是，就地取材，非常方便。圣基茨西北部的米瑟里火山，海拔1 156米，为全国最高点。我从圣基茨眺望尼维斯岛，看到是一个圆锥形的火山岛，那山是绿色的，长满树和草。

圣基茨北部和尼维斯的中央，都是高高的火山，丛林密布，所以居民

福雷盖特湾在首都巴斯特尔东南不远处

153

圣基茨火山礁石海滩

圣基茨用火山岩砌成的古老建筑

绝大部分居住在沿海的平原。这些平原如同一个圆环，套在火山四周。圣基茨和尼维斯很多海滩布满黑色的火山岩，不为旅游者所喜欢。圣基茨和尼维斯也有沙滩，那里游人如织，五星级宾馆也大都与沙滩相伴。

巴斯特尔港是深水港，所以一艘又一艘大型游轮在这里泊岸，给圣基茨带来巨大的旅游收益。巴斯特尔也是重要的货运码头。

在巴斯特尔东北3公里处，便是戈登罗克国际机场。这个机场有直飞美国纽约、迈阿密以及英国伦敦的航班，也有飞往附近的安提瓜岛、圣马丁岛、维尔京群岛和波多黎各的航班。由于圣基茨和尼维斯联邦与中国没有建立外交关系，这里没有飞往中国大陆的航班。

巴斯特尔不仅有港口、机场、环岛公路，居然还有环岛铁路。这铁路是窄轨铁路，是英国人修建的，总长58公里。甘蔗是圣基茨主要农作物，生长在环圣基茨岛的平原地带。这条环岛窄轨铁路当年就是为了运送甘蔗而建。糖厂集中在巴斯特尔。在收获季节，一列列满载甘蔗的轻便火车徐徐驶进巴斯特尔糖厂。圣基茨有着"糖岛"之称。在那里制得糖，用货船运往美国佛罗里达等地。

在游历了首都巴斯特尔之后，黑人司机驾驶中巴旅行车沿着环岛公路行进。一边是海，一边是山，蓝色与绿色交接。天气晴朗，有时虽会大雨倾盆，但是热带的雨很"爽气"，才几分钟，又雨过天晴，这时候的蓝天

格外透，云朵特别的白，所以在圣基茨岛上拍摄的照片，不仅景色美，而且天空也美。

中巴车忽然上山，拐进热带密林之中。林荫夹道，一下子变得清凉。中巴车在一片密林包围的停车场停下，让乘客下车参观。司机说，这里是热带植物园。果真这里到处是奇花异草，如同仙境。这里的房子浅黄色彩，"人"字形屋顶，在浓绿色的椰子树衬托下，则如同童话世界。

我在园中的铜牌上镌刻的说明文字得知，这里其实是罗姆尼花园（Romney Gardens）。

罗姆尼何许人？英国伯爵也。

其实这里在300多年前，是美国第三任总统托马斯·杰弗逊（Thomas Jefferson）的曾祖父的庄园。后来托马斯·杰弗逊的曾祖父把庄园卖给了英国伯爵罗姆尼。罗姆尼长期不住此园，庄园也就日渐荒废。

圣基茨岛上一位企业家有眼光，从英国伯爵罗姆尼手中买下庄园，加以整顿，成了圣基茨的一个旅游景点。

在圣基茨岛罗姆尼花园里，我看到用火山石砌成的高高的方形岗楼，已经成了历史性建筑。

那里还有一座同样用火山石砌成的小教堂。旁边是美国杰弗逊总统曾祖父的墓。

在罗姆尼庄园里，还有一座蜡染作坊（Caribelle Batik）。我观看了女工艺师用灵巧的双手制作蜡染画。我仔细参观了蜡染画。这些蜡染画色彩艳丽，而且反差强烈，有点像木刻，而且画的内容都很"接地气"，生动反映加勒比海的景色和人物。在画面中，海上帆船迎风破浪，陆上椰叶婆娑起舞，空中鹈鹕展翅高翔，而这一切都置于热带太阳强烈的逆光之下，构成一幅生动的加勒比海风情画。我也喜欢这里的蜡染人物画，反映黑人劳动妇女形象，同样给人以深刻的印象。

离开罗姆尼花园时，我们的中巴被一个耍猴的黑人截住。他的手持一只脸颊青白的小猴子，上车向游客们展示。这是当地出产的白领卷尾猴，长年生活在热带雨林之中。游客们给了黑人一点零钱，他抱着白领卷尾猴道谢而去。

在圣基茨作环岛游，不时见到海浪拍打着海滩。圣基茨的海滩有火山石滩和沙滩。游人聚集的当然是沙滩。

在我看来，圣基茨漂亮的海滩当属南端的香蕉湾(Banana Bay)和东边的半月湾（Half Moon Bay）。香蕉湾朝里弯，形如香蕉，而半月湾则状若半月。这两个海滩都是沙滩，细沙如金，排浪似银，椰叶碧绿，大海翠蓝。

155

尤其是半月湾，隔着窄窄的海峡——"窄堑"，可以望见对面的尼维斯岛。海水透明度很高，很多游客在那里潜水。

圣基茨另一处漂亮的沙滩当属福雷盖特湾（Frigate Bay）。福雷盖特湾在首都巴斯特尔东南不远处。那里同样是一个半月形海湾，不仅游人云集，而且是五星级宾馆、高级别墅、高尔夫球场云集之处。红屋，绿树，金沙，白浪，碧海，那里把圣基茨的美丽发挥到了极致。

最近几年，圣基茨和尼维斯联邦成为中国大陆投资移民的热点国家，主要是圣基茨和尼维斯联邦把投资移民的"门槛"降到很低，以尽量吸引投资客。持圣基茨和尼维斯联邦护照，可以在120多个国家免签证，而且圣基茨和尼维斯联邦没有个人所得税，可以移民不移居，所以吸引不少投资移民者。我在圣基茨看到好几幢浅黄色新盖的四层楼房，据说就是为投资移民准备的。买了那里的房子，或者买了当地糖厂的股份，投资数额达到圣基茨和尼维斯联邦规定的标准，就可以移民。这样，来自中国大陆的移民，在圣基茨和尼维斯联邦正日渐增多。

我在环游圣基茨之后，在黄昏时分回到巴斯特尔港，回到皇家加勒比游轮"海洋独立号"。

美国的"后花园"——波多黎各

在加勒比海漫游，我看到一个个海岛被烙上不同历史、文化印记，使加勒比海的历史、文化格局多元化，斑斓纷呈：

圣马丁的法、荷韵味，圣基茨和尼维斯的英国风情，波多黎各则被打上美国与西班牙的历史、文化印记……

黎明时分，天刚蒙蒙亮，皇家加勒比游轮"海洋独立号"驶抵波多黎各首府圣胡安（San Juan）港。我从甲板上观看圣胡安，那印象跟圣马丁的菲利普斯堡、圣基茨的巴斯特尔全然不同，圣胡安高楼林立，是一派大都市的风光。相比之下，菲利普斯堡、巴斯特尔只是小家碧玉，而圣胡安才是大家闺秀。

我每到一个陌生的国家，首先关注这个国家的国旗。在波多黎各首府圣胡安码头，映入我眼帘的是两面并排飘扬的旗帜，一面是熟悉的美国国旗星条旗，另一面则是星条旗的"简约版"，把星条旗上50颗星"简化"为一颗星，把星条旗上13根红白横条"简化"为5根。这面旗帜通常被人称为波多黎各国旗，严格地说是一面"邦旗"，因为波多黎各不是一个独立的国家，它现在的全称是The Commonwealth of Puerto Rico，即波多黎各自由邦。这个自由邦属于美国。后来，我在波多黎各各处，都看到美国国旗与波多黎各自由邦邦旗并排飘扬。

顺便提一句，波多黎各自由邦邦旗与古巴国旗图案一样，但是红蓝色相反，一些粗心的游客常常弄不清楚两者的区别。但是你只要记住波多黎各自由邦是美国的一个邦，它的旗帜红蓝颜色跟星条旗一致，就很容易明白两者的区别了。

我持中国护照，在进入圣马丁、圣基茨时，只要出示游轮的一卡通就行了，然而进入波多黎各，却要像进入美国一样，出示美国签证。

波多黎各位于加勒比海的大安的列斯群岛东部，北临大西洋，南濒加勒比海，东与美属、英属维尔京群岛隔水相望，西隔莫纳海峡同多米尼加共和国为邻。

波多黎各自由邦以波多黎各岛为主岛，还包括莫纳、别克斯、库莱布拉等小岛。波多黎各的面积9 173平方公里，其中波多黎各岛的面积为8 959平方公里、莫纳岛54平方公里、别克斯岛132 平方公里、库莱布拉岛28平方公里。

加勒比海有着1 000多个岛屿，波多黎各岛是加勒比海四个大岛之一，即古巴岛、伊斯帕尼奥拉岛、牙买加岛、波多黎各岛。波多黎各岛又是美国的第三大岛。

在波多黎各，美国国旗与波多黎各国旗并肩飘扬

波多黎各圣胡安老城的马车

波多黎各圣胡安老城

波多黎各圣胡安老城街道窄而干净

波多黎各自由邦的首府圣胡安，位于波多黎各岛的东北岸。圣胡安是加勒比海的大港。那里港阔海深，我看到码头停泊着一大排大型豪华客轮。

圣胡安明显地分为老城和新城。如同世界各国的城市一样，新城千篇一律，老城各有千秋。使众多游客感兴趣的是圣胡安老城。

波多黎各作为美国的自由邦，采用美国的左驾右行交通规则，当然可以租车自驾游。但是波多黎各公路路牌虽然跟美国国内一样绿底白字，却写着西班牙文！再说游览景点主要在圣胡安老城，那里路窄不仅行车难，而且可供停车的地方寥寥无几，所以我们一家决定先乘坐旅游车游览，然后在圣胡安老城步行。

波多黎各是美国的自由邦，怎么会用西班牙文写路名？其实，用西班牙文写路名还只是西班牙对波多黎各的种种影响之一。这里的居民大多数讲西班牙语。在圣胡安老城，绝大多数建筑是西班牙式的。波多黎各总人口近400万，其中西班牙人和葡萄牙人的后裔占76.2%。

虽然今日波多黎各到处飘扬着美国星条旗，但西班牙给予波多黎各的深刻影响，远远超过了美国。

波多黎各的历史，跟西班牙紧密相连。

波多黎各岛上，原本住着印第安人泰诺部落。

第一个敲开波多黎各大门的西方人，是哥伦布。1493年11月19日，哥伦布率西班牙船队抵达波多黎各。哥伦布把这个新发现的岛屿命名为"San Juan"，以纪念天主教圣人、耶稣的表兄、施洗者"San Juan"。"San Juan"是西班牙文，中文音译为"圣胡安"。（注："San Juan"的英文为"San John"，中文音译为"圣约翰"。在中国，通常按照英文称施洗者为"圣约翰"，而作为地名按照西班牙文称"圣胡安"。）

最初，按照哥伦布的命名，圣胡安是大岛的名字，并非城市的名字，即圣胡安岛。

1508年，西班牙探险家胡安·庞塞·德莱昂率船队在圣胡安岛登陆，建立了殖民据点。当时他奉命来此寻找金矿。

翌年——1509年，西班牙国王宣布圣胡安岛为西班牙殖民地，任命胡安·庞塞·德莱昂为首任总督。

胡安·庞塞·德莱昂看中圣胡安岛东北岸的海湾入口处，着手在那里建立城市，设立总督府。当地的印第安人原本称那里为"波里肯"。胡安·庞塞·德莱昂命名为"波多黎各"，西班牙语的原意是"富裕之港"。

西班牙殖民者把印第安人抓来当奴隶，种植甘蔗，遭到印第安人泰诺部落的反抗。1511年，印第安人泰诺部落在首领瓜伊巴那领导下反抗西班

波多黎各圣胡安老城

牙殖民者，遭西班牙殖民当局的残酷镇压，屠杀了6 000多印第安人。

1521年，当地政府决定把圣胡安岛名改为波多黎各岛，把首府波多黎各市则改名为圣胡安市。

到了16世纪中叶，波多黎各岛上的印第安人几乎被灭绝。西班牙殖民者从非洲运来黑人作为奴隶。

圣胡安大教堂

然而随着美国的崛起，他们开始觊觎老牌殖民王国西班牙手中的殖民地。1898年2月15日，美国借口派往古巴护侨的军舰"缅因号"在哈瓦那港爆炸，于4月25日对西班牙开战，史称"美西战争"。已经建立起强大海军的美国获胜。1898年12月10日，美国与西班牙在法国巴黎签订了《巴黎和约》，从西班牙手中攫取了古巴、波多黎各、关岛和菲律宾群岛。《巴黎和约》规定："第一条：西班牙放弃对古巴主权的一切要求和权利。第二条：西班牙将其管辖的

庞塞德莱昂铜像

波多黎各岛、西印度群岛中的其他岛屿以及马里亚纳群岛中的关岛让给美国。第三条：西班牙把菲律宾群岛让给美国……美国付给西班牙二千万美元。"

从此，波多黎各"城头变幻大王旗"，成了美国殖民地。然而1508年至1898年，西班牙毕竟统治波多黎各达390年之久，所以波多黎各烙上西班牙深深的历史、文化印记。

自从美国用战争获得波多黎各的统治权之后，1900年，美国总统麦金利任命查尔斯•赫伯特•艾伦为第一任驻波多黎各总督。1917年，波多黎各人被赋予美国公民权，持美国护照。波多黎各居民可以参加美国全国的政党初选，但不能参加美国总统大选。

1950年11月1日下午2时15分，美国首都华盛顿布莱尔大厦东侧的枪声，震惊了美国。住在布莱尔大厦二楼的美国总统杜鲁门当时刚刚结束午睡起床，外面响起激烈的枪声。在与总统卫队的战斗中，一个刺客被打死，另一个刺客受伤。事后查明，两名刺客来自波多黎各，一个叫奥斯卡•科拉佐，一个叫格利斯里•托雷索拉。

波多黎各人早就不满于殖民者的掠夺与残暴。在西班牙统治时期，波多黎各人多次举行起义，要求独立。在美国成为波多黎各新的统治者之后，反抗日益激烈。美国在波多黎各派驻重兵，建立军事基地。1950年10月30日，波多黎各又发生反美武装起义，31日失败，100余人被逮捕。11月1日便在美国首都华盛顿布莱尔大厦响起了枪声……

1952年，美国决定给予波多黎各自由邦的地位，实行自治。但是外交、国防、关税等重要部门仍由美国控制。

1977年，美国总统福特向国会提交了《1977年波多黎各立州法》，主张把波多黎各变成美国的第51州。

1982年11月，美国总统里根发表声明，支持波多黎各成为美国的一个州。

1993年11月，波多黎各就与美国的关系举行全民公决，48％的人赞成保持美国自由邦地位，46％赞成拥有美国州的地位，4％的人赞成完全独立。迄今，波多黎各仍为美国的自由邦。

自从波多黎各在1898年被美国占领之后，大批美国人从美国本土涌入波多黎各。尤其是美国的退休老人，喜欢移居到这个气候温暖的加勒比海岛屿，他们笑称波多黎各是美国的"后花园"。

首府老城的西班牙风情

我在圣胡安港码头上了游览车，开始游览波多黎各首府圣胡安。圣胡安是一座拥有将近50万人口的城市，在加勒比海算是很大的城市了。

世界的城市建设，大体上有两种模式：一种是"混合型"，即在老城区里建新楼，北京、上海都是如此；另一种是"泾渭分明型"，即老城区保持原貌，在老城区之外另建新城区。圣胡安以及诸多欧洲城市采取这种模式。

先是来到圣胡安新城区游览。新城区在波多黎各主岛北岸沿线。主要商业大街是桑图尔塞内的庞塞·德莱昂大街。高楼大厦，玻璃幕墙，银行林立，汽车拥堵，圣胡安新城区除了在路牌以及商店招牌上常见西班牙文之外，跟美国城市并无二致，只是建筑物外墙的色彩大都艳丽。

我来到新城的一个住宅区，那里围绕一个街心花园的绿色地有一大排11层的公寓楼房，红墙白阳台，格外爽目。我向司机打听这里的房价。司机说，由于这个小区处于海滨黄金地段，每套公寓70万美元，而远一点的地方则只有10万美元。

新城区的孔达多海滩，是游客喜欢的海滩。新城区拥有众多豪华的高档旅馆。东面的贝尔德机场，是加勒比地区最繁忙的海港和国际航空港。

新城区拥有制药、电子、石化、食品加工、纺织服装等工厂。令我惊奇的是，司机强调说，制药业与旅游业并列为波多黎各两大支柱产业，这里云集了89家制药厂和68家医疗设备工厂。

波多黎各是继美国、英国、日本和法国之后的第五大制药基地。美国最畅销的20种药品中有13种是在波多黎各生产的。美国50%的起搏器和电击除颤器，也都是在波多黎各生产的。正因为这样，一年一度的"波多黎各国际制药工业展览会"，吸引超过350家来自各国的药厂和医疗设备工厂参展。

圣胡安新城也是繁忙的海港。波多黎各主要输出蔗糖、烟叶、可可、咖啡和水果等农产品，还有药品、兰姆酒以及服装。

圣胡安新城与老城之间有一条长度为17.2公里的地铁，总共有16个地铁站。不过，这条唯一的地铁，为了节约建设成本，只有两个车站及其区间是在地下，其余都在高架及地面运行。

圣胡安新城并不是重点，在浮光掠影般乘车游览之后，便转入圣胡安老城(Old San Juan)。

圣胡安的老城与新城，如同两个截然不同的世界。步入圣胡安老城，我如同从21世纪进入了中世纪的西班牙。

在17、18世纪，圣胡安老城是西班牙贵族们的住宅区。在圣胡安老城到处可以看到，欧洲那种用手掌大小的灰黑色的长方形石块铺成的窄窄的街道，只是如今街道一侧往往还被停放着一排轿车，使街道只容一辆车勉强通过。

街道的两侧，矗立着一幢幢或鲜黄、或粉红、或浅蓝、或湖绿镶着白条的西班牙式两层、三层楼房。放眼而望，木百叶开合式的拱顶门窗，敞开的黑色卷花铁栅阳台，比比皆是。

在圣胡安老城，我来到圣胡安大教堂（San Juan Cathedral）。这是一座纯白色的教堂，连顶上的十字架也是白色的。这座古老的教堂始建于1542年，1802年修复。

在圣胡安大教堂前，在雪白的基座上高高矗立着一尊威严的青铜雕像。他身披铠甲、肩挂长枪，左手叉腰，右手高举指向前方。显而易见，

波多黎各圣胡安街景

波多黎各首府圣胡安的印第安图腾柱

这是一位不可一世的大人物。基座上的西班牙铭文记载着他1508年到达这里，1509年出任总督。

此人便是前文已经提及的西班牙首任波多黎各胡安·庞塞·德莱昂。解读波多黎各的历史，除了哥伦布之外，应当从他开始。

胡安·庞塞·德莱昂原本是西班牙贵族的后裔，当过西班牙阿拉贡王室的宫廷侍从，并在格拉纳达战争中立功。1493年，他曾跟随哥伦布航行到了新大陆——美洲。从此他对于航海产生浓厚的兴趣。1508年他参与西班牙伊斯帕尼奥拉岛总督德奥万率领的船队前往加勒比海西印度群岛，踏上了波多黎各岛。

胡安·庞塞·德莱昂成为波多黎各首任总督之后，残酷镇压当地印第安人的反抗，双手沾满了印第安人的鲜血，反而受到西班牙王室的表彰。胡安·庞塞·德莱昂踌躇满志，雄心勃勃，准备在波多黎各大展宏图，却在官场争斗中败北，在1512年被免去波多黎各总督之职。

胡安·庞塞·德莱昂从印第安人那里听说关于"青春不老泉"的故事，率船队去寻找。他没有找到"青春不老泉"，却在1513年4月2日发现了"鲜花盛开的地方"——佛罗里达。

1514年，胡安·庞塞·德莱昂被西班牙王室任命为佛罗里达总督。

1521年，胡安·庞塞·德莱昂在佛罗里达夏洛港遭到当地土著人攻击，中箭。他被急忙用船送往古巴，因伤势过重而去世。

由于胡安·庞塞·德莱昂是波多黎各首任总督，他死后被安葬在波多黎各圣琼斯教堂。当圣胡安大教堂建成之后，他被移葬在圣胡安大教堂。他的青铜像，也就作为殖民者中的"英雄"，高高矗立在圣胡安大教堂前。

沿着长方形石块铺成的街道，我来到圣胡安大教堂旁边的Quinto Centenario广场，看到高大的印第安人图腾圆柱。通常印第安人图腾柱色彩鲜艳，而这一图腾圆柱却是铁锈红的，近乎血色。我不知这一图腾圆柱是谁立的，但是跟不远处是胡安·庞塞·德莱昂青铜雕像仿佛组成了波多黎各的历史——正是胡安·庞塞·德莱用刀枪杀戮印第安人，鲜血染红了那根印第安人图腾圆柱。印第安人已经在波多黎各被斩尽杀绝，只剩下这孤零零的图腾圆柱。

圣胡安要塞的前世今朝

　　走过波多黎各最初的殖民血腥的历史之路，我来到圣胡安老城的海边，那里又记录了殖民者彼此之间的硝烟与争斗。

　　当西班牙把波多黎各纳入囊中时，深知波多黎各地处加勒比海要冲，乃兵家必争之地，不能不加强圣胡安老城的防卫。

　　圣胡安老城的北面，正对交通要道——圣胡安海湾。西班牙殖民者沿着圣胡安海湾，构筑了老虎钳似的坚固工事：

　　作为"老虎钳"的右钳头——西北角，是莫洛城堡（Castillo San Felipe del Morro），扼守圣胡安海湾。莫洛的西班牙语原意是陡岬。1539年开始建设，经过半个世纪的努力，1589年完成。早年看过墨西哥电影《冷酷的心》，这部电影的故事就发生在波多黎各，影片中不少镜头就是在莫洛城堡拍摄的。

　　作为"老虎钳"的左钳头——东北角，是圣克里斯托弗要塞（Castillo de San Cristobal），1630年开始建造城墙，1678年完成。取名克里斯托弗，是为了纪念波多黎各的发现者克里斯托弗·哥伦布。

　　中间是"老虎钳"的虎口——沿海建造圣胡安老城的城墙，从1680年开始，历时48年完成。

　　这把"老虎钳"在建成之后，还不断加固围墙、城墙的厚度。莫罗城堡围墙的厚度从5.5米增加到了6米。

　　这把"老虎钳"扼守圣胡安港与大西洋要冲，保卫着圣胡安老城的安全。

　　1983年，圣克里斯托弗要塞和莫洛城堡，被联合国教科文组织列入世界文化遗产目录。成为圣胡安老城的标志。

　　我从圣胡安老城走向圣克里斯托弗要塞时，我的右侧是足有四五个足球场那么大的沿海草坪，令人心旷神怡。走到半途，突然大雨倾盆而至。才几分钟，这场热带豪雨就戛然而止。这时，雨过天晴，一道彩虹飞架于古堡与草坪之上，美不胜收。

　　圣克里斯托弗要塞久经历史风雨，斑斑驳驳，灰中带黑，反而有一种古建筑的厚重感、庄严感。圣克里斯托弗要塞占地达11公顷。虽然是

波多黎各圣克里斯托弗要塞内

圣胡安古堡雨后彩虹

西班牙人建造的要塞，却是由两位爱尔兰工程师设计。我在圣克里斯托弗要塞看到坚实、厚厚的石墙，看到高高的钟形瞭望哨，还看到一门又一门大炮。大炮那乌黑的炮口，对准圣胡安湾入口处湛蓝的海水。不难想象，当敌舰出现在圣胡安湾入口处，一定会遭到重创。

波多黎各圣胡安老城的圣克里斯托弗要塞

西班牙殖民者建造了圣克里斯托弗要塞和莫洛城堡后，经历过四次攻城略地的战火考验：

第一次是西班牙与英国作战。

英国作为老牌殖民大国，早就对波多黎各虎视眈眈。英国女王伊丽莎白派遣海军中将法兰西斯·德瑞克率舰队前往加勒比海。德瑞克是英国名将，1588年他曾指挥英国海军舰队击败了西班牙无敌舰队。这一回，他要攻取西班牙占领下的波多黎各。1595年11月22日夜10时，圣胡安湾出现25艘

圣克里斯托弗要塞内的大炮

英国战船，满载1500名士兵，在德瑞克指挥下，逼近莫洛城堡。

西班牙军队在波多黎各总督佩德罗·苏亚雷斯上校的指挥下，沉着应战。英国舰队在圣胡安湾入口处，遭到圣克里斯托弗要塞和莫洛城堡这"老虎钳"的夹攻，8艘英国舰船被击沉，400多名英国士兵阵亡。德瑞克急急率残兵败将落荒而逃。

英国人并不死心。3年之后，英国女王伊丽莎白又命坎伯兰第三伯爵乔治·克利福德再度进攻波多黎各。克利福德吸取德瑞克的教训，避开圣克里斯托弗要塞和莫洛城堡的强大火力，在夜里从波多黎各东部的孔达多悄然登岸。这一回英国人成功登上波多黎各岛，占领了圣胡安老城。1598年7月1日，圣克里斯托弗要塞和莫洛城堡的西班牙军队向英国人投降。

无奈英国人的运气太差，在波多黎各岛因饮水污染，很多士兵患痢疾倒下，而西班牙国王派出远征军前往波多黎各，终于重新夺回波多黎各。咬牙切齿的英国人在离开之前，在圣胡安老城放了一把火，烧掉许多西班牙式房子。

第二次是西班牙与荷兰作战。

荷兰人也对波多黎各岛垂涎三尺。1625年9月，荷兰国王派出恩里克将军率领17艘舰船、约2 000名士兵欲攻占波多黎各。恩里克细细研究了英国人两次进攻波多黎各的得失，深知不可正面强攻圣克里斯托弗要塞和莫洛城堡。他分兵两路，一路在圣胡安湾发动佯攻，吸引圣克里斯托弗要塞和莫洛城堡的西班牙军队注意力，另一路由恩里克亲率800名士兵在圣胡安岛

圣胡安老城的城墙

169

在圣克里斯托弗要塞和莫洛城堡之间，我看到一大片墓地。那里安葬着西班牙与英国、荷兰、美国四度作战时战死的军人

1625年荷兰入侵波多黎各纪念碑

南侧登陆。恩里克这一声东击西战术获得成功，占领了圣胡安老城。西班牙军队退守圣克里斯托弗要塞和莫洛城堡，与荷兰军队交锋。西班牙军队断其粮草，迫使荷兰军队无法在波多黎各岛立足。荷兰人不得不放弃波多黎各岛，又一次火烧圣胡安老城。西班牙军队从圣克里斯托弗要塞和莫洛城堡冲出来，一边救火，一边追杀荷兰人。

我在圣克里斯托弗要塞前的草坪上，看到方形纪念碑，上方如同戴了一顶帽子。从这座石碑的铭牌上得知，那是1925年为了纪念荷兰进攻波多黎各300周年而建立的。

第三次依然是西班牙与英国作战。

英国始终对波多黎各"念念不忘"。1797年4月18日，英国中将拉尔夫·阿贝克隆比爵士和海军上将亨利·哈维爵士率60艘舰船、8 000多名士兵进攻波多黎各，大有非胜不可的气势。

面对强敌，波多黎各的西班牙总督拉蒙·德·卡斯特罗不仅动员岛上所有西班牙军队投入战斗，圣克里斯托弗要塞和莫洛城堡日夜戒备，而且动员居民组成民兵守岛护城，防止英军偷袭。

双方僵持了半个来月，英军久攻不下，不得不在5月2日撤退。

第四次是西班牙与美国作战。

自从1898年4月25日美国在古巴对西班牙开战，"美西战争"开始。美国舰队不仅在古巴打败了西班牙军队，而且移师波多黎各。

美国军舰的大炮，朝着圣克里斯托弗要塞和莫洛城堡猛轰，发动3次攻击。5月12日，美国军舰的炮火给予莫洛城堡摧毁性的打击。

即便如此，西班牙军队仍坚守阵地。直至1898年12月10日美国与西班牙在法国巴黎签订了《巴黎和约》，西班牙政府被迫同意把波多黎各让给美国，美军才登上波多黎各岛。

自从星条旗在圣克里斯托弗要塞和莫洛城堡上飘扬，只发生过一次小小的战斗。那是在第一次世界大战期间，一艘德国的运输船途经圣胡安港，打算驶往大西洋，为德国潜艇运送补给。美国军队从莫洛城堡炮击德国运输船，俘获了这艘德国运输船。

时过境迁，如今圣克里斯托弗要塞和莫洛城堡成为圣胡安老城名列第一的旅游景点。我在那里看到美国国旗、波多黎各自治邦旗和西班牙勃艮第十字旗三面旗帜并排而立。西班牙勃艮第十字旗是当年的西班牙军旗。这三面旗帜一起飘扬，意味着走过历史的硝烟，化干戈为玉帛……

在圣克里斯托弗要塞和莫洛城堡之间，我看到一大片墓地。那里安葬着西班牙与英国、荷兰、美国四度作战时战死的军人。他们大约做梦也不会想到，美国国旗、波多黎各自治邦旗和西班牙勃艮第十字旗三面旗帜竟然在离他们不远处一起迎风猎猎。

如今，美军在波多黎各总共有7个军事基地，驻军5万。其中的罗斯福罗兹基地是世界上最大的海军基地，每年可接纳4.5万架次飞机和1200艘舰

波多黎各国会大厦

只。美军已经牢牢控制了波多黎各。

在圣胡安，我走访了波多黎各国会大厦。那是一幢颇具气派的大楼，白色大理石外墙，一大排圆形罗马廊柱，半球形屋顶。在国会大厦前，美国星条旗和波多黎各邦旗迎风飘扬。

波多黎各国会大厦可以入内参观。里面的大理石地面和柱子，穹顶上的油画，都显示这幢大厦的高雅。一大群中学生在宽大的大理石台阶两侧排队留影。

我还来到波多黎各政府大楼，那是一幢浅蓝色外墙上镶着白边框的三层楼房。那里四周用黑色铁栏杆围起来，不许游客入内参观。

在圣胡安老城码头一带，是最繁华的商业区。我沿着铺着长方形石块的街道漫步，鸽子、海鸥、褐鹈鹕不时从头顶飞过，中世纪的马车载着游客辚辚驶过，打扮入时的波多黎各女郎的高跟鞋发出橐橐之声，不远处的圣胡安湾海面上的航船不时发出阵阵汽笛声。阳光灿烂，海风吹拂，波多黎各已经成为名副其实的富裕之港。

我恋恋不舍地从码头栈道走向游轮。圣胡安老城浓郁的西班牙中世纪风情和圣胡安新城强烈的美国现代化色彩，令我难忘……

世界上第一个黑人共和国——海地

离开波多黎各之后，皇家加勒比游轮"海洋独立号"一直向西航行，从波多黎各这个加勒比海的大岛，驶向另一个大岛——伊斯帕尼奥拉（Hispaniola）岛。

夜晚，我接到船方通知，从明日凌晨2时起，时针倒拨1小时，即时间与美国迈阿密同步。

翌日清早，我迎着清新的海风在甲板散步。当我走到船头的时候，看到又挂出一面陌生的国旗。这面国旗上蓝下红，正中有一白色方块，上面画着棕榈树等图案。把棕榈树画到国旗之中，我还是第一次看到。

按照皇家加勒比游轮"海洋独立号"的行程，前方是加勒比海之行的最后一站——海地共和国（The Republic of Haiti）。不言而喻，船头新挂出来的，是海地共和国的国旗。

很多中国人跟我一样，原本对海地这个遥远的加勒比海国家并不熟悉。相比之下，在海地的西北，那个跟海地只隔着一道80公里宽的向风海峡的国家——古巴，在中国几乎家喻户晓。古巴位于加勒比海的大岛古巴岛上。

当然，海地不为中国大陆人民所熟知，还有另外一个原因，海地共和国与中华人民共和国没有建立外交关系，而只与台湾保持着所谓的"外交关系"。

2010年1月12日下午（海地当地时间）发生里氏7.3级强烈地震，死亡人数高达23万，受地震影响的海地灾民大约有300万人。

一时间，海地成为中国媒体上的高频词，中国各电视台接连播出海地地震的镜头。中华人民共和国杨洁篪外长致电海地外长表示慰问，中方向海地派出救援队和医疗队，并累计向海地提供了1.03亿元人民币的现汇、物资和医疗救护援助。

很多中国人跟我一样，是从那场不幸的天灾之中，知道了海地，认识了海地。

其实，海地共和国国旗正中那带有棕榈树的图案，是海地共和国国徽。

海地国徽图案是这样的：中间高耸着一棵棕榈树，树上插着一根"自由之竿"，竿顶是"自由之帽"。树前的绿地上有一面战鼓，两旁为战斧、大炮等武器；树两侧各有三面海地国旗和一面三角旗；树后有六支带刺刀的步枪。白色饰带上用法文写着"团结就是力量"。

海地国旗上蓝下红，这颜色源于法国国旗。蓝色象征独立和自由的精

游轮给海地带来大量游客

神，红色象征人民不屈不挠的英雄业绩。海地国旗采用法国国旗的颜色，是因为海地曾经是法国的殖民地，深受法国文化的影响。但是海地国旗删去了法国国旗中的白色，据称因为海地是黑人国家，在海地的人口之中95%是黑人。海地有着"加勒比海黑人国家"之称，也被称为"世界上第一个黑人共和国"。

海地，怎么会成为"世界上第一个黑人共和国"？

如同诸多加勒比海岛屿一样，海地的原住民也是印第安人。在印第安语中，"海地"的原意是"多山之国"。海地75%是山地，只在沿海有狭窄的平原。海地的最高峰拉萨尔山，海拔达2 680米。不过，海地地处热带，森林繁茂，我从游轮上看过去，是一座又一座青山。

海地位于伊斯帕尼奥拉岛上。伊斯帕尼奥拉岛南临加勒比海，北濒大西洋，是加勒比海中第二大岛，仅次于古巴岛。伊斯帕尼奥拉岛的东面是波多黎各岛，西面是古巴岛。伊斯帕尼奥拉岛面积76 480平方公里，人口达2 000万人。伊斯帕尼奥拉岛"一岛两国"，西面是海地共和国，东面是多米尼加共和国。多米尼加的西班牙语La República Dominicana原意是"星期天、休息日"。据说那是因为哥伦布来到那里的时候，正值星期日。

海地共和国面积27 750平方公里，人口将近1 000万。多米尼加共和国人口则多于1 000万。古巴的人口达1 130万。这三个人口以千万计的国家，在加勒比海都算是大国了。

伊斯帕尼奥拉岛上，原本就人口众多。1492年12月5日，哥伦布从伊斯帕尼奥拉岛西北部的圣尼古拉登陆，当时岛上就居住着大约100万印第安人，这在当时算是很多的人口了。哥伦布给这个岛命名为伊斯帕尼奥拉岛，按照西班牙文原意，就是"西班牙的岛"或"小西班牙"。

自从哥伦布发现了这个"西班牙的岛"，西班牙人便蜂拥而至，在这里建立庄园，印第安人沦为农奴。1502年，伊斯帕尼奥拉岛正式成为西班牙的殖民地，取名"圣多明各"，首府为伊斯帕尼奥拉岛东南沿海城市圣多明各（今多米尼加共和国首都）。

西班牙殖民地的到来，使印第安人从主人变为奴隶，稍有不满便遭杀戮。更不幸的是，西班牙人带来了可怕的、死亡率极高的传染病——天花。印第安人对于这种外来的传染病抵抗力很弱，随着天花在印第安人中的大流行，大批印第安人死亡。在刺刀与天花病毒双重危机之中，到了1544年，印第安人在伊斯帕尼奥拉岛上近乎灭绝。西班牙人从非洲运来黑人，替代印第安人作为奴隶。

当西班牙殖民者大批进入伊斯帕尼奥拉岛之后，法国殖民者接踵而来。法国殖民者大都在伊斯帕尼奥拉岛的西部建立庄园。法国殖民者与西班牙殖民者互相敌视。

1688年至1697年，欧洲爆发"大同盟战争"。法国国王路易十四欲称霸欧洲，英国、荷兰、神圣罗马帝国和西班牙四国则结成反法大同盟与之对抗。在漫长的10年战争中，双方打成平手，双方不得不在1697年9月20日于荷兰里斯维克签订《里斯维克条约》(Treaty of Ryswick)。《里斯维克条约》涉及双方种种利益再分配，其中也涉及远在加勒比海的伊斯帕尼奥拉岛。条约规定，西班牙同意把伊斯帕尼奥拉岛西部三分之一的土地割让给法国，定名为"法属圣多明各"，而伊斯帕尼奥拉岛东部仍属西班牙。从此，伊斯帕尼奥拉岛西部落进法国之手。

法属圣多明各最初以法兰西角（后来改称海地角）为首府。法兰西角是伊斯帕尼奥拉岛西北海岸港口城市，北格朗德河的河口。后来法国在1749年开始在法属圣多明各西部建设港口城市太子港。1770年，太子港成为法属圣多明各殖民地首府。在2010年的大地震中，震中位于太子港西部约16公里的地方，太子港受损极为严重，曾经频频出现于电视屏幕上。很多人误以为太子港这名字大约是跟某位太子有关。其实，那是当年在加勒比海的一次风暴中，一艘法国名为"太子号"的船驶进这个港口之后，得以平安，后来人们便以这艘轮船的名字命名这个港口为太子港

法国殖民者也大批从非洲运来黑人作为农奴。黑人越来越多，逐渐成为法属圣多明各人口的主体。黑人不满于法国殖民者的统治、剥削，从1790年开始发动一次又一次的起义。

1804年1月1日，黑人终于推翻法国殖民者政权，摘掉"法属"的帽子，宣告独立，宣告建立"海地共和国"（The Republic of Haiti）。这海地之名，是当初印第安人取的名字。

海地共和国成为世界上第一个独立的黑人共和国，也成为加勒比海直至拉美大陆最先获得独立的国家。海地也是加勒比海唯一以法语为主的独立国家。由于海地是黑人国家，在2012年曾经宣布有意寻求在非洲联盟的准会员地位，表明海地与非洲不可分割的"血缘关系"。

海地共和国以太子港为首都。

不过，海地共和国自诞生之后，受到各种外国殖民势力的围攻，政局一直不稳。据统计，从1804年海地独立到1915年的111年间，共有近90位统治者相继上台，其中还出现了"皇帝"。海地是世界上政变频率最高的国家，从1804年海地独立到2009年的205年间，发生过33次政变。光是1908年至1915年，海地就发生了6次政变，更换了8位总统。

由于海地长期陷于内乱、内战之中，经济困顿，成为加勒比海最贫穷的国家，西半球最贫穷的国家，是世界最不发达国家之一。海地75%的人生活在赤贫状态，每天的生活费不足2美元。全国只有20%的居民能用上自来水，文盲率高达80%。

2010年1月12日的大地震所以造成海地23多万人死亡，很大的原因在于海地贫苦黑人房屋简陋，一震就倒。

长期的内乱、内战，也使海地抢劫案件频发。

太子港是依山傍海、风光旖旎的地方，而且是加勒比海戈纳伊夫海湾的深水良港，然而众多的大型豪华游轮却不在那里停靠，而是选择了海地北海岸的另一个深水港口——拉巴地（Labadee）。

就在皇家加勒比游轮"海洋独立号"船头挂起海地国旗不久，我就在甲板上看到前方墨蓝色的海面上，出现一座又一座碧绿的山峰，拉巴地已经近在眼前了……

休闲胜地拉巴地

皇家加勒比游轮"海洋独立号"徐徐靠泊在海地拉巴地港的深水码头——摩尔士码头。

又是一个晴朗的好天。沿着码头长长的栈桥，我踏上了海地共和国的土地。我是从波多黎各经过一天的航行，抵达拉巴地。如果从美国佛罗里达的迈阿密出发，游轮要经过二夜一天的航行才能到达这里。

拉巴地可以用风景如画、休闲天堂来形容。蓝色海水、金色沙滩、绿色椰林，拉巴地一派热带风光。

拉巴地是位于海地北部的一个港口，距离海地角并不远，距离海地首都太子港大约100公里。

拉巴地常常被说成拉巴地岛，其实拉巴地是海地诺尔（Nord）地区的半岛，是跟海地所在的伊斯帕尼奥拉岛紧相连的。

在欢迎来到拉巴地的路牌下方，我看到"Columbus Cove"牌子，即哥伦布海湾。这里怎么会有以哥伦布名字命名的海湾呢？

原来，说起拉巴地的历史，总离不开哥伦布。1492年12月5日，哥伦布

海地瑜珈

冲凉

海地滑索

第一次在伊斯帕尼奥拉岛登陆，那登陆点就在离拉巴地才几十公里的圣尼古拉。相传哥伦布曾经率舰队在拉巴地休息。为了纪念哥伦布，这里的一个海湾取名哥伦布海湾。

拉巴地的历史，还跟一位法国侯爵相连。那是继西班牙殖民者之后，第一个来到此地的便是法国侯爵La Badie。他用自己的名字命名这个半岛。后来用英文称呼这个半岛时，就用La Badie的英文发音Labadee——这便是拉巴地这一地名的来历。

在政局混乱而又经济凋敝的海地，拉巴地如同世外桃源。游客在这里可以尽情享受美景和美食，大可不必为盗贼来袭担心。拉巴地其实是美国的一块"飞地"。准确地讲，是美国皇家加勒比游轮公司花钱向海地政府长期包租的一个地方，租期到2050年。据称每一位游客登岛要支付6美元给海地政府作为租费，而皇家加勒比游轮公司把这笔钱包含在游客的船票之内。须知一艘大型豪华游轮到达时，游客超过2 000人，海地政府一下子就可以收入1万多美元。随着一艘又一艘皇家加勒比游轮公司大型豪华游轮的到达，对于经费局促的海地政府来说，无疑是一笔可观的收入。

皇家加勒比游轮公司长期租借拉巴地，是考虑到游客的安全和舒适。他们不仅花大气力开发拉巴地，建设了一系列旅游设施，扩建了摩尔士码头，便于大型游轮停靠，而且还专门雇佣了一支私人保安队以保证这里的安全。他们在拉巴地半岛通往海地本岛的地方，砌了围墙，设立关卡，不许外人进入，切断这里与海地本岛的联系，所以拉巴地被人误以为是拉巴地岛。当然，所有的游客也在关卡和围墙之内活动，不能擅自

海地画摊

海地石雕

离开，以免遭到不测。

　　经过审核，皇家加勒比游轮公司雇佣了300名当地黑人担任拉巴地服务员，另外还允许200名当地黑人在拉巴地开设小店，出售旅游纪念品以及其他商品。

　　2004年2月海地又陷入政治大动荡，总统阿里斯蒂德下台。海地几个月无总统也无总理，一片混乱。2004年4月30日联合国安理会作出第1542号决议，决定建立"联合国海地稳定特派团"前往海地维持秩序，总共派出6 700名军事人员、1 622名联合国警察、444名国际文职人员、154名联合国志愿人员和727名当地文职人员。中国虽然与海地无外交关系，但是作为联合国常务理事国，也先后多次向海地派出维和部队。

　　在海地政局极度混乱的日子，连拉巴地都无法正常接待游客，一度关闭。

　　"屋漏偏逢连绵雨"。在海地乱成一锅粥的时候，海地先后遭到多次飓风袭击，2010年1月12日又发生大地震。拉巴地一度成为运送救灾物资和人员的港口。

　　海地终于从大灾大难中透了一口气，拉巴地重新成为皇家加勒比游轮公司接待游客的基地。

　　从码头上了拉巴地半岛之后，我看到黑人驾驶的免费乘坐的电瓶游览车，先上车兜了一个圈子，作"环岛游"，有了总体印象，然后才一站、一站步行游览。

　　我看到拉巴地半岛人气最旺的是哥伦布湾的沙滩。那里的沙滩像地毯一样松软，游客们赤脚在那里散步。沙滩上安放着上百张蓝白条子的躺椅，爱日光浴的欧美游客在那里"玉体横陈"。当然，那里也是游泳的好地方。那里的海水清澈见底，也是穿上潜水衣、漫游海底世界的好场所。

在拉巴地半岛的赤脚海滩（barefoot beach）和海盗湾（Buccaneer Bay），也是穿泳裤的型男和比基尼的靓女最活跃的地方，沙滩排球、沙滩篮球在热带炎热的阳光下火热地进行。水上电单车、滑翔伞、独木舟，也很受欢迎。这里还出租像单人床垫大小的充气塑料浮垫，可以躺在上面享受随波逐流的乐趣。

在拉巴地半岛的北岸，架设了长长的铁索。坐在吊钩上沿着铁索溜行，而脚下是万顷碧浪，也够新鲜、刺激的。

我正在观赏那一个个从浪尖上飞快滑过的年轻游客时，一位年长的美国游客向我走来，跟我握手、合影。我记起那天在船长举行宴会时，他的一家10多人围坐在一张长方餐桌旁，打算拍照留念。看到我手持尼康单反相机，便邀请我为他们全家拍照。他对我为他的一家拍摄的全家福照片非常满意，所以再三向我致谢。

拉巴地半岛设有巨大的自助餐厅，供游客免费进餐。这餐厅是皇家加勒比游轮开设的，所有食品也都是从游轮上运来的。

我很喜欢拉巴地半岛的工艺品市场。那里的画、木雕、石刻，都出自当地黑人艺术家之手。这些"接地气"的作品，形象地反映了海地黑人的生活。不论是描绘在水田里插秧的黑人老农，还是弹吉他的黑人姑娘，不论是小河中洗衣服的黑人妇女，还是天真烂漫的黑人孩子，还有那幅幸福地亲吻着的黑人老头、老太太，无一不是浓郁的加勒比海风情的写照。

我还坐在敞篷舞台下，观赏了海地黑人歌舞。他们身穿黄绿相间、色彩强烈的服装，伴随强烈的鼓声，跳起快节奏的热情奔放的海地之舞。那歌声嘹亮，那鼓点急切，而那舞蹈如激浪似骄阳。

在拉巴地半岛度过了一天，直到傍晚才上了游轮。当我乘电梯上了高高的甲板，打算回望拉巴地半岛的时候，突然急骤的轰鸣声从空中传来。我看见一架白头绿尾的直升机朝摩尔士码头飞来，那螺旋桨上红白两色相间，表明是救护直升机。这架救护直升机在摩尔士码头的栈桥上稳稳地停下。

这时我看到大夫从游轮里推出一辆平板车，上面躺着一位危急病人。病人很快被医护人员抬上救护直升机。

直升机起飞，渐渐飞远。显然那是游轮上的一位游客得了急病，船方立即通知当地医院，派出直升机快速送往波多黎各的美国医院急救。

当夜幕降临，我在手提电脑中输入海地拉巴地半岛的照片，记下今日的见闻。我想，如果不是随游轮出行，"身不由己"，我定然前去访问海地首都太子港，而且越过向风海峡，从海地前往近在咫尺的古巴——从海地到古巴，要比美国西礁岛更近。

游客下船时浩浩荡荡

尾声

在皇家加勒比游轮"海洋独立号"起航的汽笛声中，我告别碧海蓝天、风情万种的加勒比海，告别加勒比海那不同历史造就不同文化的一个个岛国。

离开海地之后，经过两夜一天的航行，在早上6时回到了始发港——美国佛罗里达州的劳德代尔堡港。

我向游轮餐厅的菲律宾服务员艾伦道别。他说，今天是最忙碌的一天，上午送走结束旅行的客人，下午要迎接新来的客人，傍晚5时，皇家加勒比游轮"海洋独立号"要准时开启新的航程。

我也向台湾的李女士以及她的先生马克道别。她给我留下佛罗里达手机号码，我也给她留了上海的手机号码。她说，她与马克来上海的时候，一定登门拜访。

在下船的时候，我看到好几位男士一手拖着拉杆箱，一手持衣架，上面挂着一身西装。

在劳德代尔堡码头办理了美国入境手续之后，随即乘坐出租车前往好莱坞机场。

又一次乘坐蓝尾巴的捷蓝航空公司的客机，在上午10:36起飞，飞往旧金山。半个多月前从旧金山飞抵劳德代尔堡好莱坞机场时，正值深夜，一片漆黑。这时候在灿烂的阳光照射下，我俯瞰劳德代尔堡这座漂亮的海滨城市，蓝色的河港在高耸的大楼之间流淌，大西洋用博大的胸襟拥抱着这座"美国的威尼斯"。

我自东往西穿越美国，飞行了3个多小时，再加上时差3小时，到达旧金山已经是下午4时多。我在旧金山的亲家（长媳家）开车到机场接我们。在亲家家中吃过晚餐，一起聊加勒比海之行。回到小儿子家，已经是夜深了。

在旧金山东湾阿拉米达小岛上，我细细整理、分类加勒比海之行的众多照片，写出这本《畅游加勒比海》的提纲，并且写了一部分章节。回到上海之后，我终于完成这本书。

我还会继续旅行，写出"叶永烈看世界"新作，奉献给广大读者。

飞越冰雪皑皑的阿拉斯加上空